Tiara Label

ティアラ文庫

宮廷舞踏会のシンデレラ

王子様と秘めやかなレッスンを

立花実咲

presented by Misaki Tachibana

プランタン出版

イラスト／壱也

目次

※本作品の内容はすべてフィクションです。

◆第一章　花嫁探しの招待状

ブロンデル伯爵の長女エレン・プレスコットは、王室の紋章《エンブレム》を象った赤い封蠟《ふうろう》が押された招待状を握りしめ、何度もため息をついた。

（私がここに来て……本当に良かったのかしら）

エレンはきつく締めつけられたコルセットのあたりを押さえながら、落ち着かない気持ちで馬車の外を眺めた。

エメラルディア王国のフィオール王宮の門戸が開かれ、壮麗な大宮殿に続くアプローチには、立派な箱馬車が停まっている。

街路灯の明かりが差し込んだところからは、眩いドレスに身を包んだ淑女《レディ》の華やかな姿が見受けられ、紳士は漆黒の燕尾服《テールコート》や身分に応じた勲章や略綬のつけられた軍服を召して、雄々しさと麗しさを誇張していた。

フィオール王宮は大宮殿を中心に東西南北に四つの城館を構え、それぞれの棟には王族や大勢の臣下たちが暮らしているらしく、今夜はその内の一つであるエスレ棟で、盛大な舞踏会が開かれる予定だった。

ゆったりと進む馬車の中、エレンはこれからはじまる国王主催の夜会を想い、緊張と不安が綯い交ぜになった複雑な表情を浮かべていた。

エレンの隣には、今年十八歳を迎えるバーナード侯爵令嬢リリア・マグノイアが座っており、優艶な碧いドレスに身を包んだ彼女は、エレンとは対照的に目前に迫る社交界デビューに胸を躍らせていた。

「エレンお姉様が一緒にいてくださると心強いわ」

リリアは優雅に扇子を扇ぎながら、頬を紅潮させて言った。

彼女の隣では、煙突型のトップハットにステッキを携え、白髭を顎に生やしたバーナード侯爵ことフレデリック・マグノイアが、自慢の娘を誇らしげに見つめていた。

「エレンもせっかくの社交界シーズンなのだから、私たちに気兼ねなどいらないよ」

「そうよ。素敵な相手を見つけましょう」

初めての宮廷舞踏会で浮かれているリリアをよそに、エレンは愛想笑いを返す。

エレンは白い手袋を填めた手をウエストにあてがい、ふぅっと深呼吸する。コルセットで締めつけられたウエストが苦しい、というよりも、緊張しすぎて胸がいっぱいだった。

「ねえ？　エレンお姉様」

同調を促され、エレンは小さく「ええ」と微笑んでごまかした。

その実は二人の話など聞こえていなかったのだった。

リリアから『エレンお姉様』と呼ばれているが、彼女は血の繋がった妹ではない。

エレンは訳あって、バーナード侯爵の邸《やしき》で、リリアの家庭教師《ガヴァネス》としてダンスレッスンをしているのだ。

リリアは身分差など構わず、エレンのことを『エレンお姉様』と親しんで呼んでいる。

エレンもまたリリアのことを実の妹のように可愛いがっていた。

渓流にかけられた煉瓦作りの橋を渡り、厳重な警備の敷かれた錬鉄の門をくぐる間にも、いくつため息をついたかしれない。次に石畳で整備されたアプローチを抜けると、第二の門の前で近衛騎兵たちが招待状を確認していた。

何千人という国内の王族貴族はもちろん諸外国からのゲストが、王都のカントリーハウスからフィオール宮殿まで駆けつけている。

厳重なチェックを済ませたあとは、第一の門をくぐり、王宮の入口で招待状と引き換えに中に通されることになっているらしい。

宮廷で開かれる舞踏会には、高位貴族や他国の王族などが参加する。宮廷舞踏会に招待されるに相応しいかどうかを厳しく検討された後、ごく限られた者のみが招待状を受け取ることができるようになっている。

そのはずなのに……エレンは自分がどうしてここにいるのか未だに実感が湧かなかった。

「やっぱり……何かの手違いだったとかじゃないのかしら」

バーナード侯爵に尋ねると、彼は朗らかに笑った。

「しっかりと招待状に宛名が書いてあるだろう」

そう、何度も目を通したから分かっている。それでもエレンは確かめずにはいられなかった。

本来ならば、爵位を失いかけたプレスコット家に国王陛下主催の夜会への招待状など、届くはずがないのだから。

◇◇◇　◇◇◇　◇◇◇

遡ること二週間前――。

美しい丘陵に構えられ、左右対称の精緻なデザインの庭園をもつフィオール王宮は、ここエメラルディア王国の平和の象徴《シンボル》として、眼下に広がる紺碧の海を見守っていた。

春《プリム》には花々が美しく咲き誇り、夏《エスレ》には紺碧の海が煌めき、秋《オウル》には葡萄をはじめとする果実がたわわに実り、冬《イリス》には厳しい冬の前にハーブなどの野草が豊富に採れ、料理や薬代わりに重宝されるなど、四季がはっきりしており、一年を通して比較的温暖な気候に恵まれた自然豊かな国だ。

近隣諸国との貿易によって発展した海沿いの王都ミズーリは、近年は特に繊維業が盛んで、ファッションなどの改革が最も進んでいるところでもある。そしてここ数年はドレスの流行が移り変わる時期でもあった。

社交界シーズンの春《プリム》から夏《エスレ》にかけてはカントリーサイドに邸宅をもつ貴族は王都に滞在して社交を行うものなのだが、王都から馬車で一時間ばかり離れた葡萄畑の中心に屋敷を構えるプレスコット伯爵家の事情はまた別だった。

紺碧の海の水平線から顔を出した太陽が、葡萄畑を段々と明るく照らしていく。陽が昇るよりも先にプレスコット家の出窓は大きく開かれ、初夏の季節を彩るような瑞々しいフルーティな香りが漂う。

一人娘のエレンはこの国で愛されている薬草《ハーブ》の一つ、ジュニパーベリーを白亜色の陶器ポットに入れ、あたたかいお湯を注ぎながら、父の身支度が整うのを待っていた。

「おはよう、エレン。昨晩は随分遅くまで働いていたようだね。あまり無理はしないでおくれよ」

父ダスティンが申し訳なさそうにエレンに声をかけた。

「お父様。心配させてしまってごめんなさい。仕事ではなくて、ほら、いつものように刺繍をしていたのよ」

ダスティンは心優しい一人娘エレンが情けない父の為に嘘をついているのだと思ったようだが、それは本当だった。

エレンはマリアージュハンカチを出してみせた。ハンカチには繊細なレースエッジと手刺繍が施されている。それを目にしたダスティンは瞠目した。

「そんな高価なものを、またバーナード侯爵夫人からいただいてきたのかい」

「いいえ。でも繊維工場でパタンナーをしているお父様にそう見えるのなら、私もお針子の才能があるのかしら。余りの生地を分けてもらって工夫を凝らしてみたの。素敵でしょう?」

そう、これはすべて手作りだ。薄く張りのあるリネンローン生地に手刺繍を縫いつけ、小花のモチーフを丁寧にあしらい、一晩で仕上げた。サテン地や絹といった高級な材料を使わなくても、十分素敵なものが仕上がる。

この頃は海の向こうの大国ベルジャンから輸入された毛糸を用いて大きなステッチでキ

ヤンバス地を埋める毛糸刺繡が、エメラルディア王国の婦人たちの間で人気だ。

少女たちにとっても、幾何学模様や花や動物などの絵図案を模写し、ステッチで刺していくサンプラー造りが流行している。

エレンにとっても裁縫がささやかな趣味だったのだ。

「孤児院の子供たちにかい？」

「ええ、きっと喜んでくれるわ」

エレンは楽しそうに笑顔を咲かせる。

エレンの亡くなった母が慈善活動《チャリティ》に積極的だったのだが、エレンもまた母の遺志を受け継いで、度々教会を訪れ、敷地内にある孤児院の子供たちに歌やダンスを教えたり、こうして贈り物をしたりしている。

ダスティンはテーブルの上に置いてあった針輪《ピン・ホイール》を見て、またすまなそうに眼を細めた。

伯爵家とは形ばかりのプレスコット家は、日々貧しさに喘いでいた。もうじき二十三歳にもなるエレンが、舞踏会や晩餐会などの社交パーティにも行けず、家で刺繡遊びをするぐらいの些細な楽しみしかないのだということをダスティンは憐れんでいたのだった。

五年前までダスティンはワイナリーを経営していたのだが、難しいといわれる土壌改良がうまくいかず、それを皮切りに酒を販売するパブなどの事業にも失敗してしまい、多額の借金を背負ってしまった。

資金がなければやり直すこともできない。領地を担保にしても借金の足しにもならない状況で、領地を没収あわや爵位を失いかけるところまで追いこまれていた。

そんな時、昔からプレスコット家が所有するワイナリーを懇意にしてくれていたバーナード侯爵が窮地を救ってくれた。

バーナード侯爵夫人のクラリッサ・マグノイアは、エレンの母シンシアと慈善活動《チャリティ》においても親しい間柄でもある。

当時、流行病《はやりやまい》にかかり病床にいた母は安心したように息を引き取り、ダスティンはそれから繊維工場で毎日必死に働くようになった。エレンは街のファッション雑貨屋に勤めはじめた。

今では親子二人が慎ましく生きて暮らすぐらいの収入は得られるようになったが、バーナード侯爵への借金返済は残っている。そこまではなかなか手が回らなかった。

どう恩返しをしていいものかと父ダスティンは日々懊悩しており、このままでは病気になってしまうのではないかとエレンは本気で心配していた。

ある時、親子の様子を気にして訪ねてくれた侯爵夫人クラリッサが、思いつめた顔をしたエレンにどうしたのかと尋ねた。

エレンが正直に相談したところ、クラリッサは「いい案があるわ」と屋敷に招いてくれ、社交界デビューを控えた十六歳のリリアに家庭教師《ガヴァネス》としてダンスを教えてほしいと提案してくれた。

母譲りのなめらかな美貌をもつエレンは、ダンスの才能もまた母に似て長けていた。ビスクドールを思わせる陶磁器のような白い肌、手入れいらずの艶やかな濃褐色《ブラウン》の髪、翠玉石《エメラルド》を思わせる翠緑色の瞳、控えめで上品な鼻梁、愛らしいぽってりとした唇、何より純真な笑顔で人々を魅了し、おだやかな気持ちにさせるものだった。

華奢な骨格ながらすっと伸びた姿勢は、絵画に描かれた女神のように美しく、指の先からつま先までの清らかな仕草など、人の目を惹きつけるものがある。

今でこそ貴族たちの間から没落した伯爵家と囁かれているプレスコット家であるが、渦中の前年に十八歳を迎えていたエレンが社交界デビューした時には、美しいダンスで多くの男性を虜にしたものだった。その才能を母シンシアの親しい友人であるクラリッサは誰よりも認めていたのだ。

それから二年の歳月が過ぎ、リリアにはすっかり「エレンお姉様」と呼ばれ、気に入られている。エレンの優しい朗らかな性格は親しみやすく、何よりレッスンを教えるのが上手だったからだ。

バーナード侯爵夫人クラリッサは、エレンのことを実の娘のようにかわいがってくれ、エレンもまたお茶目で自由奔放なリリアを実の妹のようにかわいがっていた。

いつしかエレンの頭の中では給金を借金返済の為に充てるという考えは消えていき、華やかなドレスに身を包んで可憐にダンスを踊るリリアを見るのが密やかな喜びになっていった。

この国では十八歳になる社交期には王宮で行われる宮廷舞踏会への招待状が送られてくることになっている。それを社交界デビューと呼んでいるのだが、普段のパーティとは別格であり、素晴らしい伴侶を見つける一生に一度の機会とも言われている。

バーナード侯爵はその日デビューする可愛い一人娘のリリアに様々なドレスを用意し、躍起になっているところだった。

貴族館《マナーハウス》や別荘に招かれ、舞踏会に参加する度ドレスを新調しているマグノイア家であったが、ドレスを一着作るのにも大変な資金が必要だということはエレンにも分かっている。それほどバーナード侯爵が資産をもっているということだ。

豪奢なドレスの煌びやかな生地を眺めながら、たった一度の為に脱ぎ捨てられていくのはとても勿体ないと思っていたところ、もしエレンさえ良ければ、とクラリッサが気を利かせて授けてくれた。

伯爵令嬢のプライドなど、もはやエレンには必要なかった。

まだ裕福だった頃はプレスコット家にも使用人が何名かいたが、貧困に陥ってからメイド以外は解雇してしまった。それも未婚の女性が出かける時は必ず付き添い人《シャペロン》が必要だという貴族社会のルールに則っただけに過ぎない。

パブリックスクールで培った知性や教養はありがたかったが、もしかしたら自分は貴族社会に身を置くよりも、今の慎ましい暮らしの方が性にあっているのかもしれないとさえ考えたくらいだ。

父ダスティンが気にするから口が裂けても言えないが、エレンは本当にそう感じていた。

そんなわけでエレンの部屋に飾られているドレスはすべてリリアのお下がりだった。

今年十八歳を迎えるリリアと、二十一歳になるエレンとでは年の差はあるけれど、身長はそう変わらない。体型にあわせて手直しをすれば着ることができた。無論、エレンが着ていく機会はなく、部屋に飾っているだけだが、エレンはそれで十分満たされていた。

そのうち勤め先の雑貨屋の女主人から余った生地をもらうようになり、刺繍を施すのがささやかな趣味になっていったのだった。

「今日も子供たちと約束をしているの」

「疲れていたりしないのかい？　朝から晩までその調子では……」

「お父様は余計な心配したりしないで。今日は風が強いみたいだから港近くの工場は心配よ。どうか気をつけていってらっしゃい」

「ああ、いつもありがとう、エレン」

二人は頬に親愛のキスを贈り合い、エレンはダスティンを笑顔で見送った。

それからエレンはテーブルの上でまだ湯気を立てているティーカップを見て、ふっと安堵のため息をついた。

心配しないでという言葉はもちろん本心からだが、日々働いて疲労が溜まっているのはエレンも同じだった。

しかし恵まれていると思わなければならない。

母が遺してくれた人脈は何よりの財産としてプレスコット家を守ってくれているのだ。屋敷を追い出され、親子で野垂れ死にしてしまってもおかしくない状況を、幸いにも救ってくれた優しい人たちがいて、働くところまで与えてくれた。その上、娘のように可愛がってくれ、素敵なドレスまで譲ってくれるのだから。恩恵に甘えてばかりいないでエレンにもできることを精一杯したかった。

目上の方が訪ねてきてくれたら必ず御礼に伺わなくてはならないのが貴族社会のルールなのだが、この間もバーナード侯爵の城館を訪ねると「あなたにも良縁があればいいわね」などと侯爵夫人クラリッサはエレンの為に真剣に考えてくれていたようだった。

つまりリリアに縁談の話が持ち上がったということだろうか。

侯爵令嬢でしかもあれほど可愛らしいリリアなら、王族との素晴らしい結婚が待っていることだろう。もしそうなら喜ばしいことだが、少しだけ寂しいような気持ちになる。

エレンは部屋に戻ってから、出来上がったばかりのドレスを身体にあてがった。

ワルツのステップを踏み、くるりとスカートの裾を翻す。

そしていつか王子様が……と想像に耽った。

エメラルディア王国ではまだ市民の前に王子の姿は見せてもらえていない。妃が決まった時または戴冠式が済むまで、公に姿を見せないことになっているのだ。

クラリッサから侯爵家が開いた舞踏会に王子の姿があったらしいと噂を聞いている。貴婦人たちの間では、今度開かれる舞踏会で王子が花嫁探しをされるのではないかと囁かれているそうだ。

獅子のように精悍な国王の肖像画から想像すれば、王子はさぞ美しい男性に違いない。

そんな王子様とダンスを踊る日があったなら――。

エレンは浮かんでくる夢物語にため息を落とし、ふわと零れてしまいそうになるはしたない欠伸を慌てて手で押さえた。

これから教会に行って午後には雑貨屋の仕事がある。それが終わったら夜からリリアのダンスレッスンだ。

先日ついにリリアにも王宮から宮廷で開かれる舞踏会への招待状が届いたらしい。

エレンは自分のことのように緊張していてこの頃よく眠れなかった。

そして――。
あとは当日を迎えるばかりと思っていたのに……まさか自分までフィオール王宮に招か

れることなど、針の先ほども想像していなかった。

◆第二章　舞踏会はロマンスの調べ

王族が暮らすエスレ棟の二階にある大広間《ホール》では宮廷楽団がピアノ、ヴァイオリン、ヴィオラ、チェロといった楽器で素晴らしいワルツの調べを奏でていた。

もうしばらくすれば国王と王妃の姿が見えることになっており、淑女たちは皆密かに王子が花嫁探しに現れるのではないかとそわそわしている様子だった。

人々が多く集まる玄関から参加者の控えの間である応接間《ドローイング・ルーム》へ、そしてマホガニー材でできた欄干《らんかん》に捕まり、大きな階段《ステアケース》をあがって大広間へ進んでいく間、エレンは緊張したままでいた。

入口で案内係《アシャー》に大声で名を呼ばれた時は飛び上がるかと思った。コルセットで締めつけられているから余計に気を失ってしまいそうだった。

この日の為に淑女たちは皆、豪華なドレスや貴金属や宝石を誇らしげに身に着けている。

エレンは周りの淑女たちを見渡し、憂鬱な気分になった。

バーナード侯爵の邸でメイドに着せてもらった時は、鏡に映った自分に感嘆のため息を漏らしたものだったが、大広間に移ったあと、自分には似つかわしくないのではないかと急に不安を覚えたのだ。

エレンが着ているドレスは大きく襟の開いたアプリコットピンク色のドレスで、緻密な柄のレースで仕立てられた上質の絹には真珠《パール》がいくつも縫いつけられており、豪華に三段重ねしたスカートはふんわりとしたボリュームを魅せている。

ほっそりとした身体にやや似つかわしくない豊かな胸は、この日の為にといわんばかりに強調され、薔薇のコサージュがつけられていた。

耳には雫の形をした翠玉石《エメラルド》のイヤリングがぶら下がり、胸元には透明感溢れる金剛石《ダイヤモンド》が豪華にあしらわれたネックレスが、華奢なデコルテラインに華を添えている。

エメラルディア王国では貴婦人は必ず国宝石といわれる翠玉石《エメラルド》を身に着ける風習があった。その大きさや輝きが淑女のステータスだった。

ため息をつくのも苦しくなってくるほど強くコルセットで締めつけたウエストの下では、ペティコートと輪骨の入ったクリノリンという下着を穿き、何段にも重なるフリルやレースで飾られたスカートがふんわりと末広がりに膨らむようにされていた。

ボリュームがあればあるほど美しいという風潮があり、ドレープを膨らませて薔薇のような模様をつけたりレースの段を増やしたりなどして、美しさを競っているのだ。

普段ウエストまで長さのある濃褐色《ブラウン》の髪は結い上げてあり、耳の際から、長い鳥の尾を使った羽根飾りがピンで留められている。

これらはすべてバーナード侯爵が心付けとしてマグノイア家の侍女にエレンのお世話をするよう頼んでくれたものだった。

愛らしいリリアはさっそくダンスの申し込みをされていた。

一人娘の晴れ舞台にご満悦といった様子で、バーナード侯爵がエレンを促す。

「さあ、エレンも行っておいで。私も挨拶をしてくることにするよ」

エレンはお辞儀をしてバーナード侯爵を見送った。

大広間のワルツの輪では、リリアがエレンのことを気にするように視線を送ってくる。きっと上手に踊れるようになって嬉しいのだろう。

エレンはリリアが上手に踊れるようになった姿にホッと胸を撫で下ろした。

レッスンの時と同じように見守っていたエレンは、いつの間にか目の前に男性が近づいてきていたことに気づいていなかった。

白と黒のダイス模様の大理石が敷きつめられた床から、すっと視線を引き上げると、甘く優しい美貌をもった男性と目が合った。

「レディ、よろしければ一曲踊っていただけませんか」

テールコートを召した見目麗しい彼は、長身で美しく他の男性よりも高貴な雰囲気があった。にこりと微笑を浮かべた甘やかな面差しは、エレンよりも若く見えるが、気品漂う佇まいは立派な紳士だ。

彼の頬にかかるさらさらの絹糸のような金髪《ブロンド》からは、彫が深く二重のはっきりとした双眸が見え、透きとおった海のような碧色《ブルー》の瞳は宝石のように美しく煌めき、すっと通った男らしい鼻梁と、引き締まった形のよい唇は、妖艶な色気に満ちている。

エレンは男性のあまりに美しい面立ちに息を呑んだ。

ずっとこうして見つめていてもいいぐらい、惹きつけられてしまう。

普段エレンが一人で想像しながら踊っていた相手とは比べ物にならない。

すっかり彼に見惚れてしまい、エレンはハッとする。

(こんなに素敵な人と私がワルツを踊るなんて……)

引け目を感じているエレンに、彼は強引に手を差し伸べる。

「初めまして。僕の名は、ルイス・アークライト。あなたは?」

アークライトという姓は隣国サファイアル王国の王族に多い姓である。彼は公爵家の人間なのかもしれないと思うとますます緊張してしまう。

「わ、私は……」

声を震わせてしまったエレンを、ルイスが不思議そうな瞳で見つめてくる。

（どうしよう。ここで名乗っていいものなの？）

「シンシア……シンシア・ポートランドよ」

エレンは咄嗟に母の旧姓を名乗ってしまった。

プレスコットの姓は今のエレンにとって禁句だった。幸い母が伯爵家の出なのでポートランドとでもいっておけば、その場凌ぎにはなるだろう。

何も嘘をつくことはなかったのだが、没落貴族令嬢がここにいると知れたら、たちまち噂が広がり、淑女たちはおろか王族に咎められるのではないかと、エレンは必要以上にビクビクしていた。やっと少しずつ生活が落ち着いてきているのだから余計な波風は立てたくなかったのだ。

あちこちから羨望の眼差しが送られ、エレンは萎縮してしまう。

ルイスの澄んだ瞳は、何もかも真実を映してしまいそうなほど綺麗で、エレンは今にも心臓が飛び出してきそうなほど緊張していた。

「ぜひ僕と踊っていただけませんか」

彼はそう言って戸惑うエレンの手を引き寄せた。

「私でよろしければ。光栄です」

エレンは彼の手をそっと握った。

ぎこちないステップになってしまってはダンスの先生として失格だ、とエレンは我に返り、リードされてゆく身体をゆったりと引き戻した。

この日の為に用意してもらった夜会用のシューズがなめらかなワルツのステップを助けてくれる。心地のよいワルツの調べと彼の腕に抱かれて、だんだん楽しい気分になってくる。

こんな風に誰かと踊ってみたかった。ダンスがこんなに楽しいものだなんて思ったことがあっただろうか。リリアに教える時とも自分一人で踊る時とも違う。少し前に社交界デビューをした時とも違った。

エレンが軽やかにステップを踏むと、彼の清廉な瞳が優しく滲む。風を切るようにターンをするにつれて綻んでいくエレンのチャーミングな笑顔を見て、彼も嬉しそうに微笑んだ。

「お上手ですね。エスコートをされているのは僕の方のようだ」

ルイスに言われて、エレンは我に返る。

「ごめんなさい。夢中になってしまって」

レディファーストが紳士の務めなら、紳士のプライドを守ることも淑女の務めであることを戒め、エレンは大胆になりすぎていたステップを緩める。

しかしルイスは咎めるどころか、ワルツの調べに乗せて踊るエレンを力強くホールドし、愉しげに微笑んだ。

「いや、褒めているんですよ。あなたに見初められる男性が羨ましい」

ルイスの言葉に嬉しくなる。それはエレンの方の台詞だった。

こんな美しい青年《ひと》に見初められたなら、どれほど幸せなことだろう。それを叶えられるのは貴族の地位をもつ淑女《レディ》だけ。

たとえ伯爵令嬢という肩書きで出逢ってもそれは形だけ。自分は相応しくない。

エレンは彼に惹かれてしまいそうな想いから意識を逸らそうとするのだが、熱を孕んだ彼の視線に、鼓動が速まるのを感じてならなかった。

スローワルツの安定感のあるホールドに、胸がときめく。彼に手を握られて引き寄せられる度、引く波にさらわれるように胸が締めつけられた。

密着した時に感じた香りは、彼がつけている香水《トワレ》だろうか。品のよい麝香《ヴァニラ》や龍涎香《アンバーグリス》のような甘い匂いがする。

首筋に太く浮き上がる血管や、雄々しい喉仏に魅入られ、彼の匂い立つような色気にくらくらしてしまう。

エレンもこうして男性と踊った経験があったが、こんなにまで胸が熱くなるようなことは初めてだった。

もっと彼とこうして踊っていたいという願いもむなしく、やがて音楽は終わっていき、白い手袋をつけた彼の手はすっと離れていってしまった。

「ありがとうございました」

「こちらこそ、踊っていただけて光栄でした」

気の利いたセリフを言うことができなかったエレンだけど、彼はにこやかに微笑みを向けてくれた。

エレンはスカートの裾を少しあげてお辞儀をしたあと、誰かと交代することもなく大広間の中心から離れた。

ルイスが誰かの手を引き寄せ、密着するようにホールドする。それを想像しただけで胸がちりちりと焼けるように痛んだ。あとからあとから沸き上がってくる身勝手な感情に、エレンはひどく戸惑った。

（どうして、こんな気持ちになるの……）

宮廷楽団の音が止み、次の曲はポルカに移っていく。

エレンはそれから誰からの誘いも断り、大広間から逃げるように出ていった。胡桃の木《ウォルナット・ス》の階段《テアケース》を足早に下りていき、参加者の控えの間として開放されている応接間《ドローイング・ルーム》のバルコニーに逃げるようにして身を潜めた。

動悸がして息が切れる。ダンスを激しく踊ったせいじゃない。胸がドキドキ鼓動を打ってなかなか治まらないのだ。

舞踏会は夜通し開かれる。まだはじまったばかりの今、ここに休憩にくる者はいないだろう。

途中、給仕係の侍従《バレット》から葡萄酒《ワイン》の入ったグラスを勧められたが、エレンは丁寧に断った。

さっきから鳴りやまない鼓動が苦しくて、胸のあたりを押さえた。少しでいいから休みたかった。彼が誰かと踊っているのを見たくなかったという気持ちもあった。

胸がひどく疼いてたまらない。背中にまでじっとりと汗が浮かび、全身が熱に冒されてしまっているかのようだ。

こんな気持ちは初めてだ。

（あの人ともう一度踊れたなら……）

エレンは先ほど感じていたときめきを胸に抱きながら、ひとりでワルツのステップを踏んだ。

月明かりに照らされた影がゆらゆらと窓辺に伸びてゆく。

瞼を閉じて先ほど大広間《ホール》で踊った余韻に揺られながら、彼の移り香にうっとりと胸を弾ませる。それからエレンは夜会シューズの音を立てないようなめらかなワルツの調べをひとりで踊り続けた。

どれほどそうしていたことだろうか。

「あなたはここで何をしているのかな？」

エレンはハッとして振り返った。

すると、深紅色の天鵞絨《ビロード》に金のモールがついたマントを羽織り、黒いズボンを穿いた男性が片手にグラスをもち、こちらに向かってきていた。

肩まで伸びた銀髪《プラチナブロンド》に、紫水晶《アメジスト》色の瞳、野性的な眼差しを向ける長身の彼に、ドキリとした。

「少し風に触れたくて」

エレンは汗ばんでいた肌を隠すような仕草で扇子を扇いで見せ、その場を取り繕った。

「こんなところで一人でダンスを?」

胡乱な瞳を向けられ、エレンは返答に困ってしまった。

「え、ええ」

いつから見られていたのだろう。一人で夢中になっていたことを振り返って、エレンは恥ずかしくなってしまった。

「こんなに大きな舞踏会は初めてだったので……もう少し練習してくれば良かったと思っていたんです」

訥々と答えるエレンに対し、彼は皮肉げに口元をゆるりと引き上げて微笑む。

「十分、あなたは素敵だ。ゆっくり慣れていけばいい」

一見紳士を装っているようだが、粗野な印象を与える彼に近づかれ、エレンはたちまち警戒心を募らせる。

「一緒に葡萄酒《ワイン》でもどうですか」

「い、いいえ。結構ですわ」

エレンは悪いと思ったが断わった。

「そう言わずに、夜はこれからなのですから、ゆっくり歓談しましょう」

明らかに彼は口説こうとしている。いやらしい視線がエレンの胸元に落ちてくる。バルコニーで二人きりになるのを避けて逃げようとすると、彼は強引に肩を抱いてきた。

「きゃっ」

「随分可愛らしい声を出すものだね。もっと深く知りたくなってしまうよ」

エレンはゾッとして、彼の胸を押してしまった。

「いやっ」

びしゃっと、赤い液体が彼にかかってしまい、エレンは青ざめた。

「ご、ごめんなさい。私ったら……」

「なるほど。見かけによらず気の強いレディだ。いいね、私はそういう女性が好きなんだよ」

剣呑な眼差しを向け、彼は強引にエレンを抱き寄せようとする。

「本当にごめんなさい。失礼なことをしたのはお詫びするわ。でも、お願いです……そっとしておいてください」

「なに、気にしないでいい。それよりも私は君に興味があるんだよ」

彼は更にエレンの腕を摑み、唇をねだった。

（嫌っ……っ）

声にならない声で拒絶すると、二人の間にあたりのいい低い声が割って入る。

「やめろ、サイラス、嫌がってるじゃないか」

目の前の男性がようやくエレンから離れる。

「悪いが、先に彼女と約束したのは僕だ。ここで落ち合う予定だったんだ」

声の主……あの一緒に踊ったルイスが、不機嫌そうな表情でこちらに向かってくる。彼と約束などしていない。きっと助ける為に来てくれたのだろう。

「それはそれは『兄弟』で見初めた女性が同じとはね。随分と興ざめなことだな」

サイラスと呼ばれた男性は皮肉げにそう言い、エレンの手の甲に素早くキスを落とした。

「ひゃっ……」

「レディ、私の名は、サイラス・アークライト。覚えておいてほしい」

熱の走った皮膚を押さえながら、エレンはサイラスが去るのを見送った。

アークライト……兄弟と言ったけれど冗談なのだろうか、容貌は少しも似ていない。

がくがくと震えているエレンの様子を、ルイスが心配そうに覗き込んでくる。

「彼は……あなたの？」

「学友だった男だ。兄弟なんかじゃない」

「私……びっくりしてしまって」

「無理もないよ。あいつが強引に誘ったんだろう。そういう奴なんだ。おいで。僕が、一秒でも早く忘れられるように消毒してあげるよ」

エレンが顔をあげると、腕をぐいっと引き寄せられ、エレンの手に塡められている手袋がすっと引き抜かれる。するとルイスの唇が直に手の甲に滑っていったのだった。

「あ、……っ」

つーっと甘い痺れが走り、エレンの身体が熱を帯びる。

驚いて引っ込めようとしたエレンの手に彼は長く口づけて離さない。

長い睫毛が敷きつめられた目元や、彫刻で造られたような鼻梁、形のよい唇に見惚れてしまう。ルイスはそのままエレンの指の一本ずつにキスを注いでいった。

「や、やめて……ルイス。くすぐったいわ」

「よかった。僕のこと覚えていてくれたんだね」

少年のような屈託のない甘い笑みと、広い海のような澄んだ瞳に魅入られて、エレンは口ごもる。

ドキン、ドキン、と胸が高鳴っていく。身体が熱を帯びて全身に広がっていくみたいだった。

（どうしよう。私……）

やっぱり彼のことを好きになってしまったのかもしれない。そんな甘い予感に眩暈がする。コルセットで締めつけられているのとは違った苦しさが鳩尾のあたりを這い、喉の奥にじわりと染み込んでくる。

さっき恐怖で震えていたはずだった身体は、今度は別の理由で震えてしまっていた。

この胸のときめきは、さっきの男性には感じえないものだ。きっと目の前の彼にしか――。

「……忘れるわけないわ。とても……楽しかったもの」

「本当に？　嬉しいよ。僕も同じ気持ちだったんだ」

あまりにも素直に喜んでくれる彼のことが嬉しくて、直視できなくなる。

エレンは潤んでしまった瞳を見られぬようカールされた睫毛を伏せる。頬は白桃がうっすらと熟していくように赤くなっていった。

そう、忘れられなくて……さっきまで彼とダンスの続きをしている気持ちでいたのだ。もしもそんなことが知られてしまったら恥ずかしい。はしたないと糾弾されてしまうかもしれない。

エレンは剝き出しになった肩をぶるっと震わせた。

突然のことが続いて身体がびっくりしているようだった。

苦しそうにしているエレンの顔を、ルイスが心配そうに覗き込んでくる。

「さっきは本当に大丈夫だった？　彼に何かされていない？」

急に険しくなったルイスの表情に、エレンはドキリとする。

「え、ええ……大丈夫よ。バルコニーで休んでいたら……あの方が見えて葡萄酒《ワイン》を勧めてくださったの。だけど私はお酒という気分じゃないなんて正直に言ってしまって、怒らせてしまったのかもしれないわ」

「そう、災難だったね。でも、あなたみたいな可愛らしい人が一人でいたら誰だって声をかけたくなるだろうし」

男性に褒められ慣れていないエレンは、どうしたらいいものか頬を赤くするばかりだった。

ルイスが密着するようにエレンの傍に近づき、声を潜める。

「僕と踊ったあと、あなたは大広間を出ていったね。誰とも踊らないで、今もそんな顔で僕のことを見つめたりなんかして……もしかして意識してくれている？」

好奇心に満ちた瞳に当てられ、エレンの頬がますます紅潮していく。

「……い、意地悪で聞くなら、やめてほしい」

「そう言うってことは、期待をしてもいいのかな？」

ルイスはくすっと揶揄するように笑った。

「期待って、何を?」

「あなたにもう一度ダンスを申し込もうと思って捜していたんだ。他の誰と踊っても退屈で仕方なかった」

ルイスが戸惑うエレンの手を引き寄せ、彼女の細腰をぐっと抱き寄せる。それからルイスは可憐なエレンの耳朶に唇を寄せ、ひっそりと囁いた。

「僕を満たしてくれるのは……あなただけだと気づいたから」

甘く掠れた声色は、エレンの秘めた疼きを容易に刺激する。

燃えるような眼差しに、エレンの胸がじわりと熱くなる。

恋に落ちるというのはこんな気分なのだろうか。できたら彼の胸に飛び込んでしまいたい。けれど、自分は相応しい女性ではない。大体シンシアと偽名を告げてしまったのだから。

いくらかの逡巡ののち、エレンは後ろ髪を引かれる思いで、ルイスから離れようとする。

「ごめんなさい。私……戻らないと……付き添い人《シャペロン》が心配するわ」

「ダメだよ、僕はあなたを離す気はない」

碧い瞳が夜の海のようにゆらゆらと揺らめき、エレンを呑み込んでいこうとしていた。

ぐっと手を引き寄せられ、よろめいてしまう。

「あっ……」

咄嗟にルイスが抱きとめてくれて、エレンは彼の厚い胸板に顔を埋めるような格好になってしまった。

「きゃっ……ごめんなさい」

「どうして謝るんだい？　嬉しいよ。あなたの方から飛び込んできてくれるなんて」

エレンは慌てて体勢を整えようとするが、ルイスが腰を引き寄せてきて離してくれなかった。

「ちがうわ……そんなつもりじゃ」

逞しい腕、厚い胸板、彼が纏う甘やかな香り……。彼をすぐ傍で感じて、エレンはますます意識してしまう。

「じゃあ、どんなつもりで僕にしなだれかかって、その甘い香りで誘惑しようとしているの……？」

耳朶に濡れた甘い声が張りつき、エレンはドキッとした。

「ごめんなさい。ルイス。勘違いさせてしまったのなら謝るわ。私、本当にそんなつもりじゃなかったの」

「謝る必要なんてないよ」

「え？」

「言ったでしょう？　僕はあなたを離さないって」

ルイスは不遜な笑みを浮かべ、エレンに迫る。覗き込むように顔を近づけられ、エレンは息もできなくなりそうだった。

「ねえ、ここでキスをしよう」

「だ、だめ……」

「どうしてだめなんだい？　誰も見ていないよ」

あまりに唐突な誘い方に、エレンは動揺を隠しきれない。

「今日会ったばかりだし……私はあなたに相応しい女性じゃないの」

ルイスはふっと上品な笑みをこぼす。

「遠回しに言ってもあなたには伝わらないようだね。あなたが僕に相応しいかどうか、これから確かめようという合図だったんだけど？」

エレンの頬がみるみるうちに赤くなる。彼女の細長い顎がルイスの手に掴まれてゆるりとあげさせられ、二人の視線が交わる。

宝石のようなルイスの瞳が、熱っぽくエレンを見つめていた。

「ここで別れたいなら、挨拶のキスぐらいは許してほしいな」

頬にちゅっと軽く口づけられ、エレンは首を竦めた。

「ほら、あなたからもしてくれないと」

肌理《きめ》細やかな美しい肌を前に出され、エレンは戸惑った。唇に塗った色が移ってしまうのが申し訳なく思ってしまう。

「もしかして、頬ではなく唇にしてほしいとか？」

鼻先が触れる距離で、熱い吐息がかかる。今にも唇が接触してしまいそうになるまでルイスはエレンを追い詰めてくる。伏し目がちになった彼の目元が色っぽくて、エレンはドキドキして動けなくなってしまった。

「答えないなら、このまま、するよ」

エレンがすっと顎をあげようとするより早く、そのまま唇と唇がゆったりと重なり合う。

柔らかい唇の感触に、エレンは胃がきゅっとすくみあがるのを感じた。

心臓が爆発しそうなぐらい激しく鼓動を打っている。

キスはただ重なるだけで終わりではなかった。ルイスの舌が口腔内を弄り、濡れた舌を絡めとってくる。

「ん……ぅっ」

初めて感じる官能的な感覚に、エレンはどうしていいか分からなくなってしまった。

ルイスの胸を強く押し返しても、彼の逞しい腕が離してくれない。深く挿入された舌が、エレンの上顎をなぞり、歯並びまで確認するように這い、舌の根まで吸う。

「ん……っ…」

まるで別の生き物でもいるかのように激しく蹂躙されると、エレンの強張った身体はだ

んだんと力が抜けていき、頭の中でいくら拒絶をしても、激しい情熱を与える舌先の愛撫でとろとろと蕩けていきそうになってしまう。

「……ん、……っ」

ルイスの舌が絡みついてくる度、下肢に甘い痺れが伝わっていく。もっとしていて欲しいような心地よさを感じて、彼の腕にしがみつきながらエレンは夢中で応じた。

「……っ……ふ……ぁっ」

激しいキスの余韻は唇を離されたあとも続いた。互いの瞳は濡れていて、これだけでは終わらない予感をさせる。

ルイスの唇に口紅が移ってしまっていた。エレンはなんてことをしてしまったのだろうと恥ずかしくなり、彼の鎖骨のあたりに視線を落とす。

もっと恥ずかしいのは、まだ男性も知らない身体のはずなのに、自分でも直接触れたことのない秘めたところが潤んでいることだった。

こんな釣鐘型のドレスを着ていれば気づかれることはないはずだと逃げ口を探していたエレンだったが、ルイスの手が見透かしたようにエレンの背面に回り、編まれた紐をほどいていく。

「あ、……だめ、困るわ……」

「脱げてしまったら、僕が直してあげる」

「あなたが？　そんなことさせられないわ」

ドレスを男性に着せてもらうなんてとんでもない。エレンが抗うまもなく、ルイスの形のよい唇が彼女の頬を滑っていき、首筋を吸い上げた。

濡れた舌でつうっとなぞられ、エレンはビクっと身体を揺らした。

「……んっ……あっ、……だ、だめ……」

「心配ならあとでクロークルームにいる侍従に助けてもらえばいい。あなたは何も考えないで、僕を感じて」

彼の声はなんて心地よい響きを与えるのだろう。ふわふわと酔ってしまいそうになる。

「あなただって僕と離れたくないって顔をしてる」

「……っ」

「当たりだね」

くすっとルイスは悪戯っぽく笑った。

「でも、だめ……なの」

「どうして？」

「それは……」

宮廷楽団の音楽が流れてきては止まり、また美しい音色が再開される。ダンスの種類や音楽も、時間と共に変わっていく。しかし皆、パートナーや親しい友人または出逢った異性と、夜通しダンスを楽しんでいくのだろう。

ルイスの唇もまたキスの続きをねだろうとする。

誰かがまた入ってきてしまうかもしれない。もしもバーナード侯爵やリリアに見られてしまったら。そんな心配を過らせるエレンに、ルイスは声を潜めて囁いた。

「二人きりになれるところでダンスを踊ろう。ついてきて。秘密の通路を知っているんだ」

「だめよ。ここは王宮よ？　勝手なことをしたら……大変なことになるわ」

ただでさえ参加していることに引け目を感じているエレンは不安な表情を浮かべる。大体、秘密の通路を知っているなんて、彼は一体何者なのだろう。

「いいから、僕に任せて」

ルイスの力強い腕に抱き寄せられ、彼から香る甘い匂いにドキリとした。

「ほら、こうして直してあげられる」

そう言ってルイスは解けてしまった組み紐を直してくれ、強引に手を握り、応接間《ドローイング・ルーム》から出ようとする。

「どこへ行くの？」

「離れの棟に行こう」

舞踏会が行われているエスレ棟には厳重な警備が敷かれている。ここから外に出ることなどできるのだろうか。

近衛兵が待機しているのが見え、エレンはハラハラしてたまらなかった。こんなことをしていてはいけないと頭の中で警笛が鳴る。けれど、この手を離したくないという想いで揺れてしまう。

男の人の手は大きくて芯があって力強い。指先が絡むだけで身体が熱くなっていく。

エレンはそんなことを感じながら、ルイスの凛々しい横顔に見惚れていた。

ルイスは侍従たちの目をかいくぐり、長い回廊の先にあった書斎《ライブラリー》に入っていく。

「本当に大丈夫？」

心細げにエレンが問いかけると、

「しっ。静かに」

ルイスに注意され、エレンは慌てて口を噤む。

この部屋には誰かの気配はなく、ひんやりとした空気に包まれていた。

壁には歴代の国王の肖像画が並んでいて、暖炉を囲うマントルピースの上には立派な石像が置かれ、書斎の中を見守っていた。

不安を抱くエレンをよそに、ルイスは一つの書棚をぐっと押してみせた。すると地が唸るような鈍い音を響かせて開いた入口に、エレンは驚く。

「ここは……」

入口から先は真っ暗で何も見えない。薄暗い回廊よりもさらにひんやりと感じる。幼い頃、地下のワイナリーで感じたような土埃の入り混じった匂いがした。

「ここは万が一の時に使用人が駆けつけられるようになっている通路らしいよ」

「ルイス、あなたは一体……」

聞いてしまいたいような、聞いてはいけないような不思議な気持ちが鬩《せめ》ぎ合う。

「ついてきて外に出るよ」

「でも……」

「このまま戻ったら兵に捕まるだけだ。あなたも、僕も」

石の階段をゆっくりと下りていく。ルイスは扉をまた静かに閉めた。すうっと光が閉ざされ、本当に真っ暗になってしまう。エレンは怖くなりルイスの背にしがみついた。

「……何も見えないわ」

「大丈夫。僕にぴったりついてくればいい。さあ」

エレンはルイスの手をぎゅっと強く握り締めた。

何故ルイスがこの通路を知っているのか不思議に思うエレンだったが、とにかく捕まってはいけないという焦りに追い立てられる。もう後戻りはできない。

どうやらルイスはこのまま北側のイリス棟の方に出ようとしているらしい。

イリス棟は王宮で一番小さな棟で臣下たちが暮らしていると言われている城館だ。

振り返れば王族が暮らす一番大きなプリム棟の国旗が風に吹かれ、舞踏会の行われているエスレ棟のバルコニーやベランダの窓からは、豪奢なシャンデリアや燭台の灯りが煌々と零れ、紳士淑女がいるだろう部屋を映していた。大勢の兵士たちが大宮殿を囲うように警備についているのが見える。

ルイスとエレンは臣下たちが暮らす西側のオウル棟までやってきていた。

「この時間なら侍従たちは皆、出払っている。兵士たちもこちらは手薄になっているはずだ」

厩舎を見つけたルイスは、エレンにしっと唇を当ててみせ、厩舎番《グルーム》がいないのを確認すると、毛艶のよい黒い馬に近づこうとする。

「何をするつもりなの？」

「まだまだ遠いから馬に乗りたかったんだけど、無理みたいだな」

ルイスは身を潜めて言った。

「あそこにライオネルがいる。近衛隊長だよ」

彼の視線の先にいる人物を見つける。エレンも昨年の秋に国王陛下の生誕セレモニーのパレードで、ライオネルを近くで見たことがあった。襟足まで伸びた艶やかな黒髪と精悍な顔に威厳をもたせるように口髭がいくらか伸びていて、鋭い彼の視線は周りを警戒しているようであった。

見張りの交代に出てきたのかもしれない。ライオネルと対面するように人影が見えた。

ルイスとエレンは見つからないように頭を低くし、城壁の傍を足音を立てずに歩いていく。

「もう少し頑張れる？」

ルイスがひそひそと尋ねてきた。

エレンはこくりと頷いた。もうここまで来たらルイスについていくしかない。それに、こんな時に不謹慎かもしれないが、実は冒険しているみたいで楽しかったのだ。

（何もかも……こんな気持ち、生まれて初めて……）

ルイスの手をぎゅっと握り、彼についていく。必死に走ると、額に汗が浮かび、息が切れてくる。生暖かい風を切り、空を仰ぐと、琥珀色の満月がぽっかりと闇夜に浮かんでいた。

このままどこかに連れ去って欲しい。そんな願望まで抱きそうになる。そんな夜だった。

そしてようやくたどり着いたイリス棟の裏口から二人は城館の中に入り、薄暗い回廊を二人でそっと歩いていく。見たところ兵がついている様子はない。灯りがついているところもなかった。

「こっちには誰もいない……のよね？」

「もう心配しないで。この部屋に入るよ」

ルイスに手を引かれ一つの部屋に入ると、内側から閂を閉めた。

もうここまで来れば大丈夫と彼の様子から察したエレンは、ホッと胸を撫で下ろし、部屋を見渡した。

二人きりになった部屋の中には、幾何学模様の絨緞《じゅうたん》が敷かれ、マホガニー材でできた簞笥《チェスト》や、薔薇の模様が背面に描かれた天鵞絨《ビロード》の長椅子、それと揃いのテーブル、ライティングデスク等があった。

壁には金縁の額に王宮の庭園を描いた絵が飾られていて、金の燭台には蜜蠟《みつろう》で作られた蠟燭がある。

ここは寝室《ベッド・ルーム》なのだろうか。部屋の奥には、天蓋のついた瀟洒なベッドがある。上質なシルクとレースがあしらわれたカーテンが中央で分けられ、扇子の飾り房のようなタッセルで左右それぞれにまとめてあった。

「灯りはつけないでおこう」

ルイスは月明かりが入ってくる背丈ほどのバルコニーの窓を遮断するように立ち、エレンを抱き寄せた。

「やっと二人きりになれた」

ルイスの腕に抱かれた途端、さっき走っていた時よりも胸がぎゅっと苦しくなった。

力強い腕、甘い囁き、激しい鼓動、二人だけの秘密、一夜の冒険――。

さっきまで煌びやかな舞踏会にいたはずなのに、今は月明かりだけを頼りにした薄暗い部屋で、まるで別世界にでもいるようだ。

「で、でも……本当にここに忍び込んだりして、大丈夫なの?」

ルイスの腕の中からエレンはそうっと窓の外を覗く。

ルイスともっと一緒にいたいと思ってたのは本当だけれど、さすがに勝手に人の部屋に入るのは躊躇われるし、彼のことを信じていて、本当に大丈夫なのか分からない。どうして彼はそんなに余裕でいられるのだろう。

「ねえ、あなたって……」

エレンが尋ねようとすると、しっと指先で唇を塞がれる。

「怖がりだね。あなたは。僕についてくるぐらい勇敢なのに？」

ルイスは悪戯っぽく微笑んだ。

「それは、だって……」

エレンは無我夢中だった自分が恥ずかしくなって口ごもる。

彼にはエレンが心の中で楽しいと思ってしまったことを見透かされているようだった。

「心配しないで。それよりも、もう一度、二人きりでワルツの続きを踊ろう」

「ここで？　音楽がないのに？」

「きっと身体が覚えてる」

先ほどの舞踏会でのことを思い出しながら、ルイスとエレンは挨拶をして手を握り合った。

軽やかにステップを踏むとスカートの裾がひらりと揺れる。

ワルツの音色はここまで聴こえてこない。けれど確かに身体ははっきりと覚えている。

胸の鼓動がリズム代わりになり、そうして二人の距離はどんどん縮まっていく。

結い上げたエレンの髪がほつれてくると、ルイスは束ねていた髪飾りをほどいた。

ふわりと可憐な甘い香りを揺らして、濃褐色《ブラウン》の美しい髪が胸までおりてくる。

「あなたには、この方がいいよ」

エレンの毛先の束を引き寄せて、ルイスは口づけを落とす。それから彼はエレンの手を握り、エスコートした。

二人きりで音も光も何もない空間だけれど、ワルツの調べが鼓膜に蘇り、いつしかエレンはドレスの裾を靡かせながら何度もターンした。彼女の濃褐色《ブラウン》のウエーブを巻いた髪が揺れる。

「そう。その調子。もっと笑顔を見せて」

ルイスに褒められて、エレンは嬉しくなり、はにかむ。

「どうしよう。とても楽しいわ……」

エレンが大胆に笑顔を見せるようになると、ルイスもまた嬉しそうに微笑んだ。

宮廷楽団の音楽はここには届かない。二人きりで互いに手を取り合い、密やかにはしゃぎ合う。

頭の中に流れてくるワルツ、それからさっきは一緒に踊れなかったポルカを踊った。楽しくて、嬉しくて、彼と一緒にこうしていたら過ぎていく時間も忘れてしまいそうだった。

くるくると軽やかにまわるターンのあとで握られた手がぐっと引き寄せられ、互いの身体が密着する。ヒールを履いた足がもつれ、エレンの身体はルイスの胸に凭れかかってしまった。

「あ、……」

どさっと、エレンの身体はルイスと共にベッドに倒れ込んでしまった。

まだまだこうしていたかったけれど、さすがに長い距離を走り、激しいダンスを踊ったあとは息も絶え絶えになっている。

「疲れた？」

「少し」

胸を上下させるエレンの身体をすっとリネンの上に下ろし、今度はルイスが上になる。

天蓋付ベッドの中で二人の身体は密着し、互いの鼓動が重なり合った。

ルイスの骨張った大きな手が、エレンの手のひらを握る。

今にも唇が重なりそうな距離で見つめられ、胸のときめきが駆け上がってくるのを隠しきれなくなってしまう。

　息があがって上下するエレンの胸にルイスの手がそっと這わされ、エレンは思わずびくりと震えて彼の手に自分の手を重ねた。

「すごくドキドキしてるね」

「……いっぱい踊ったから」

　本当はそれだけじゃないことをルイスは分かっていることだろう。

　愛らしい口ぶりで言い訳をするエレンの唇を、ルイスはそっと塞ぐように一度、二度、キスをする。

「……ん」

「あなたといると、すごく楽しいよ」

「……私も」

　金と銀の刺繍が施されている薄い絹のカーテンがふわりとおろされ、二人の世界はますます狭くなる。

　——もう、彼以外に何も見えてこない。

「こんな気持ち、初めてよ」

　エレンが素直に打ち明けると、ルイスは甘い声で密やかに囁いた。

「僕も同じだよ。あなたの瞳、とても綺麗だ。それから……薔薇のように愛らしい唇……

澄んだ声……少女のようにはしゃいだ笑顔……どれも魅力的だ」

　官能的な響きが鼓膜の奥まで広がって、エレンの脳内に降り積もっていく。

「僕の腕の中で……たくさん、泣かせてみたくなる」

　ルイスの唇がエレンの唇に重なる。音を立てて吸いつき、薄く開かれた彼女の口腔内に舌を忍ばせる。

「ん、……はぁ、……」

　ルイスの大きな手がさっきよりも強く胸を揉みこむと、エレンはびくりと身体を震わせ、彼にしがみついてしまう。鼓動を確かめる為ではなく、愛撫する為のものだと察すると急に不安になったのだった。

「あ、……だめよ……こんなことは……いけないわ」

「あなたの方から誘惑してるんだよ」

　ルイスはくすっと揶揄するように笑った。指摘されたエレンの目元がじんわりと熱くなる。ずっしりと重みのある男の身体を受け止めると、怖いような気がして震えてしまう。

「怖がらないで。意地悪なことはしないよ。ただ僕は、あなたが愛しくて、……こうして触れたいだけだ」

　瞼にキスが落ちてくる。ほんのり色づいた頬にも、耳朶にも、熱い吐息と共に、いくつも、慈しむように。

背中に編み込まれた紐を解かれ、コルセットが外されていく。雪のような白肌と可愛らしい乳房が露わになってしまった。

「あぁ……とても可憐で、愛らしい」

「見、みないで……おねがい」

エレンが恥じらうのには訳があった。白い柔らかな乳房の頂上は、彼に触れられることを待ちわびているかのようにピンと硬く尖っていたのだ。

だがルイスは強引に胸の膨らみを捉え、指の間に薄桃色の乳首を挟んだ。

「なんて美しくて、いやらしいんだろう」

いやらしいと言われて嬉しい淑女はいない。けれどルイスに言われると何故か最高の褒め言葉に聞こえてしまう。

意地悪をしないとさっき言ったばかりなのに、ルイスの指は尖った乳首をきゅっと擦りあげる。

「あっ……いや、だめ……」

緩急をつけて擦りつけられ、喉の奥がひくんと震える。柔肉を味わうようにルイスの手のひらが這い、彼はピンと張りつめた薄桃色の突起に口づけようとしてくる。

「……や……っ……やぁ、……」

そんなことをされるなんて想像したこともなかった。

乳首を彼の口元に押しつけるような格好にされ、エレンは恥じらい腰を揺らした。

薄く開いた彼の唇に咥えられ、生温かい感触が乳首を包み込む。

「……あ、っ……だ、……め、……」

卑猥な動きで擽《くすぐ》られたり、吸い上げられたり、転がされたりしながら、乳房を捏ねまわされ、ゾクゾクと身体が震えた。

「ん、……ぁ、……ルイ……ス、はぁ、……ダメ、なの……とめて」

背を向けて抗おうとするが、ルイスの手が逃すまいと乳房を揉み上げ、摘まんだり擦ったりする。そこはさっきよりも硬く膨れ上がり、敏感になっていた。

「もう、こんなに尖ってる」

尖端をペロリと舐めながら、ルイスはエレンの表情を確かめる。欲情した視線を向けられ、エレンはたまらず顔を横に逸らす。

お願いだから、そんな風に見ないでほしかった。

「はぁ、……、ぁ、……」

ルイスの舌が胸の中心から円を描くように這わせられると、暗がりの中、唾液に濡れた淫らな突起が上下していた。逃れようとすると耳朶を食まれ、ゾクっと震えが走った。

「ふ、……あぁっ……」

耳に熱い吐息がかかるだけで、どうしようもなく感じてしまう。

そのままルイスの唇はエレンの首筋からうなじを這い、背筋の窪みにおりていった。

「……お願い、恥ずかしいわ……こんなこと、いけないの」

「どうして？　こんなに感じてるじゃないか」

優しく捏ね回す手のひらの感触に、エレンは甘い吐息を漏らす。

「それは……」

エレンは唇をきゅっと引き締めて、じわじわ迫ってくる甘い疼きから意識を逸らそうとした。ルイスにしがみついて胸を隠そうとすると、スカートを捲りあげられてしまった。

「……ま、……って、……」

ドレスの下に穿いていた輪骨入りの下着クリノリンを引き剝がされ、ペティコートごとスカートを捲られる。そのまま腰を抱き上げられ、ルイスの膝の上に乗せられる格好になってしまった。

「やっ……恥ずかしい、の……」

「とっても綺麗だよ。もっとその顔を見せて、感じてる、あなたの顔」

目線が合ってしまうと、うまく見つめていられない。エレンが俯くと、ルイスは額や頬にキスをしてくる。彼は少しもやめるつもりはないみたいだ。

耳朶をくすぐるルイスの唇に感じながらエレンは甘い吐息を漏らした。

「ふ、……ぅ、あ、……っ」

ルイスは手を伸ばして下穿き《ドロワーズ》の中に手を入れ、恥骨の奥に隠された秘粒を弄ぶ。

「……ん、……は、ぁっ……」

「止められないよ。分かっているだろう？　あなたのここ、すごく硬くなってる。この先はきっと……たっぷり濡れてるよね」

耳朶を湿った吐息と舌が這う。ルイスのその甘い囁きだけでもエレンは感じてしまう。

「ふふ。すごく、感じやすいんだね」

「いや……言わない……で………っ」

「本当のことだよ。白くて綺麗な肌が、だんだん薔薇のようにピンク色に染まってきた」

ルイスの長い指が、エレンの茂みの奥に隠された秘宝を探りあて、固くなった尖りをくるくると捏ね回してくる。

「ん、……はぁ、……や、……ぁ……んっ」

エレンは泣きたくなるような快感が押し上がってくるのを、腰を揺らして阻止しようとした。

「本当にいや？　僕にこうされるのは、好きじゃない？」

ルイスの片方の手が柔らかい乳房を捏ねまわしながら乳頭を指で擦りあげる。

一方では既に濡れてしまっている花びらを広げられ、蜜液を塗りこめられていってしまう。

「はぁ、ぅ、んっ……ああ……」

ぷっくりと膨れ上がった媚肉の割れ目を擦られると、今まで体感したことのない鋭い快感が突きあがってくる。

「あ、……ぁっ……だって、……あ、……そこ、触っ……っ、……やっ……」

「だって、何？　ちゃんと言わないと分からないよ。ほら、こっちにおいで。少し体勢を変えようか」

横抱きにされて、ルイスの唇が重なる。やさしく啄《ついば》まれると、さざ波のようなときめきが駆け上がってくるのを感じた。

「僕に摑まって、こうしてごらん」

ルイスはそう言い、彼の膝の上でエレンを跨がせた。

「え、や、……だ、だめ……」

「いいから」

男性の前で足を晒すだけでもはしたないのに、こんな恰好をしていては恥ずかしい。ペタンとしゃがみ込んでしまうと、ルイスはエレンの腰をぐいっと引き上げ、キスをねだり、指の腹でやさしく濡れた花芯をほぐしていく。

「……はぁ、……っ……」

エレンはルイスの肩に摑まり、ふるふると身体を震わせた。彼の指から与えられる快感に喘ぐ顔を、間近で見られるのが恥ずかしくてたまらなかった。

「すごく色っぽい顔をしてる。あなたのその顔をずっと見ていたい」

「……こんなこと、……誰にも言えないわ」

「もちろん。二人だけの……秘密だよ」

クチュクチュと蜜が絡まり合う音がする。とても淫靡な音だった。

ルイスの視線はエレンに向けられたままだ。たまらなくなりぎゅっと瞼を閉じようとすると、代わりに唇を塞がれ、睫毛や鼻先が擦れ合う距離で見つめ合った。

「どんどん溢れてくる……すごい音が響いて……たくさん濡れてる」

ルイスの情欲の瞳が向けられる。彼の指に弄られていることを意識すると、たまらなく下肢が疼いた。

「……は、ぁ……、ん、……」

なんて綺麗な瞳なのだろう。ルイスにそうして見つめられると吸い込まれてしまいそうになる。彼の瞳の中にいるエレンの表情はまるで発情してしまったように火照っていた。

(これが今の私なの？　こんなのいけないわ……)

心の中でわずかばかりの理性が働く。

だけれど、唇を吸い合ったり、舌を差し込んだり、舐め合ったりする行為だけでは、物足りなくなってきていた。

ルイスの固い指の感触が当たると、エレンはゾクゾク感じてしまう。彼女の乳房の頂は彼に愛されることを覚えてしまい、指先で秘所を嬲られる度に甘い疼きが走る。

ルイスにこうして触られるのは嫌じゃない。そればかりかもっとして欲しいと渇望していた。

「これされるの、いや？」

「……っ」

「ねえ、我慢しないで、素直に答えて」

「……いや、……じゃない……わ……」

エレンが訥々と打ち明けると、ルイスは彼女を可愛がるように頬にキスをして、彼女の蜜口に指をゆっくりと埋め込んだ。

「あっ……」

「誰とでも？」

エレンは必死に首を振った。

あなただからこうなるの……そう必死に瞳で訴える。

「ん、……ふ、……ぁっ」

くにゅりとルイスの指先が蕾を綻ばせていく。閉じられていた花唇が開かれ、骨張った指が奥まで入っていこうとしていた。

「ひっぁ……んっ」

堅く閉ざされている蜜路を無理矢理抉じ開けられる痛みを直感し、エレンはルイスの肩に置いた手にぎゅっと力を込めた。すると、彼の指が角度を変えて沈んでいく。

「……っ、あっ……っ」

皮膚が引き千切られるような痛みが走り、エレンは思わず内腿をぎゅっと閉じた。けれどルイスの逞しい太い腕がそうさせてくれない。彼の指がぬるりと抜け出ていき、緩慢な動きで花芯をやさしく捏ね回した。

「あ、……っ……はぁ、……」

「まだ……あなたは処女だったんだね」

言葉を選ぶことなく指摘され、羞恥心と熱でエレンの瞳が滲む。だけど何故かルイスは満足そうに口元を緩めた。

「嬉しいよ。それなのに……僕に赦してくれるなんて」

ルイスの指が再び蕾をゆっくりと押し開き、入口をくにくにと撫でまわした。深くまで入ろうとはしないで、くちゅり、くちゅり、と揺らしてくる。それが逆にエレンにもどかしさを纏った快感を伝えてくる。

「あ、……っ……」

指で掻きまわされる度、腰がビクビクと揺れてしまっていた。

「痛くしないから、力を抜いて」

ルイスがエレンの瞼にキスをしながら、甘く囁く。

「……はぁ、……っ……っ」

エレンはルイスの肩に摑まる格好で、彼の指は露わになった秘所を撫でまわす。貝のように閉じられていたはずの花唇がぱっくりと割れ、艶やかな蜜を滴らせていた。

ルイスは流れてくる蜜を指に絡めとり、ぬるぬると媚肉に塗りこめていく。

「は、ぁ……はぁ、……っ」

ビクビク、とエレンの腰が跳ね上がり、お尻を突き出す格好になる。

ルイスの両肩に置かれたエレンの細い手が、ふるふると震えていた。

エレンがルイスの首にしがみつこうとすると、彼は背を屈めて、彼女の乳房に吸いついた。

ちゅうと吸われて、エレンの背が仰け反る。

「ふ、あっ……」

かたかたと震える細腰をぐいっと抱き込められ、乳首を口腔で舐られる一方、閉ざされた硬い蕾を抉じ開けるように、彼の指先がくちゅくちゅと音を立てて出入りする。

「……あ、んっ……はぁ、……」

「ほら、聴こえる？　あなたが感じてる証拠だよ」

指の挿入がだんだん深くなり、蜜の絡んだ音もぐちゅぐちゅと粘着質な響きに変わっていた。

ルイスに指摘されて、エレンは恥ずかしくてたまらなかった。自分で触ったこともなければ、まして男性にそんなところを触られたことなどない。

「あ、ぁ、っ……そんな、揺らしちゃ、やっ……」

「揺れてるのは、あなたの腰の方だよ。僕の指に絡みついてくる」

開拓されていない未知の場所は、少しずつ彼の巧みな指淫により、ほぐれていく。鋭利な快感と鈍い痛みとが相混ざって、エレンの身体は混乱したようにビクビクと震えていた。

「まだ慣れてないみたいだから、ここで気持ちよくしてあげるよ」

「え？　あ、……っ」

さっきからひくひくと痙攣している花芯を指で押し潰され、乳首に吸いついたまま甘噛みされ、エレンは押し寄せてくる刺激に白い乳房をぶるっと震わせた。

「……あ……ふ、ぁんんっ……」

ルイスの骨張った手が豊かな胸を捏ねまわし、舌で嬲ったり噛んだり吸ったりする。

同時に花弁の先にある粒を硬い指先で擦られ、ざわっと甘い戦慄が走った。

「ひっ……ぅ、……あぁっ……」

急に視界が白く染まり、ドクドクと鼓動が速まっていく。これ以上されたらおかしくなってしまいそうだった。

「やめて……あぁ、……っ、こわいのっ……は、ぁっ……やぁっ」

激しい呼吸を繰り返すエレンの胸の尖りは、ルイスに愛撫されて艶やかに濡れていた。自分のものとは思えないほど淫猥だった。

ルイスの膝の上に蜜がとろりと落ちていく。彼の上質の黒いパンツを濡らしてしまっていた。なんてことをしてしまっているのだろうと沸き上がる恥じらいも、急速に迫り上がってくる快感には打ち勝てなかった。

「怖くなんかないよ。気持ちいいはずだ」

くりくりと花芽を捏ねまわされ、角度を変えてぐちゅぐちゅと指の腹で擦られる。ルイスの言う通り、気持ちよすぎてどうにかなりそうだった。

「や、ぁ、んっ……はぁ、……あぁ、っ」

激しい愉悦が駆け上がり、脳の中までとろとろに溶けてしまいそうになる。

無意識にエレンの腰は揺れてしまい、知らずにルイスの指に押しつけてしまっていた。

甘い喘ぎ声を漏らすエレンの唇に、ルイスの唇が柔らかに重なる。

「ふっ……ぅんっ」

ルイスはだらしなく顎まで零れてしまうエレンの唾液を吸い取り、彼女の白い首筋に口づけをした。彼の片手は、興奮して豊かさを増した乳房を撫でまわし、ピンと尖った頂を抓ったり擦ったりする。

「ん、……ぁっ」

「……大丈夫だから、いいよ。そのままイってごらん」

ぬるついた媚肉を広げられ、ビクビクと熱く震える芯をくるくると撫で続ける巧みなルイスの指淫に、エレンは彼を見つめながらがくがくと身体を震わせ、必死に懇願した。

「……、へん、なの……あぁ、……きちゃ、うっ……」

「ああ、いいよ。もっと感じて」

ルイスの指先がなめらかに往復する。

エレンが仰け反った拍子に、乳房の先端を深く咥え込まれ、じゅっと激しく吸われた。

その刹那――。

「あ、あっ……――っ！」

エレンの身体に突然ぶるっと震えが走った。脳に鋭い閃光が走り、視界が真っ白に染め上げられる。

「あ、ん、あっ……あぁぁっ！」

激しい奔流に呑まれ、甘い快感に絡めとられていく。彼女の身体は酔いしれるようにうねり、やがて力が抜けていった。

下腹部にまるで心臓があるのかと錯覚するほどドクドクと大きく脈が打たれていた。小刻みに腰がビクンビクンと揺れ、やがて弛緩していくにつれ、エレンは浅い息を吐いた。

「は、……ぁ……、はぁ、……っ……っ」

呼吸がまだ苦しい感じがする。頭が朦朧とするしルイスに触れられたところがひどく疼いてひくひくと痙攣していた。

つーっと胸の突起を弄られ、エレンの身体にビクンと震えが走る。

「あ、っん、……だめ……」

じわりと潤む感触を覚えて、エレンはハッとしてルイスから離れようとした。彼の膝のあたりが染みになってしまっていた。

エレンはなんてはしたないことをしてしまったのだろうと顔を真っ赤に染め上げた。

「……ごめんなさい、どうしよう、私……」

狼狽えるエレンを見て、ルイスはふっと笑いをかみ殺した。

「あなたにつけられた痕なら、構わないよ」

「許して、くださるの？」

「もちろん。僕はもっと『ひどいこと』を、しようとしていたんだけど……そう言われると、できなくなってしまうよ」

額に寄せられたキスはやさしく、エレンは恥ずかしさと共に焦がれるような想いが胸に広がっていくのを感じていた。

遠くの方で王宮の立派な鐘の音が鳴る。二人は顔を見合わせ、深夜十二時を回ったのだろうと察する。

名残惜しむようにルイスはエレンを抱き起し、頬にキスをした。

「……惜しいな。性急にあなたを抱いてしまえばよかった」

エレンはきゅっと目を閉じた。

彼に抱かれるという期待に戦慄いた身体がぶるりと震える。けれどそれは叶わないらしかった。

「見回りが外に来てしまう前に戻らないといけない」

彼は胸のポケットから木綿のハンカチーフを取り出し、エレンの濡れてしまった腿をやさしく拭いてくれた。

「あ、っ……」

びくんと腰が揺れた。

「こうしている傍から、感じるの？　あなたって人は」

「だ、だって……ごめん……なさい」

恥ずかしかったけれど、自分でどうしたらいいか分からないので彼に従うしかなかった。

「どうしよう……ドレス、私ひとりじゃ直せないわ」

エレンは急に心細くなってしまった。

「貸してごらん。うしろを手伝ってあげよう」

コルセットまでしっかりと直してくれるルイスの手際の良さにエレンは寂しくなってしまった。

「どう？　苦しい？」

「ううん。大丈夫よ。ありがとう。あなたに手伝わせるようなことしてごめんなさい」

「謝ってばかりいないでくれないか。僕があなたにしたことなんだから」

ルイスの指先が背中を掠めるだけで、感じてしまう。

もしかして彼はこういう仮初めの関係に慣れているのだろうか。貴族の享楽にはこういった情事があることも噂で知っている。

するとルイスはエレンの不安げな表情をなだめるように、彼女の頬をやさしく包んだ。

「……とても楽しかった。あなたは本当にダンスが好きなんだね」

ルイスの瞳が優しく揺らぐ。次に彼の唇がそっと頬に寄せられた。

「踊っている時のあなたの笑顔は本当に愛らしくて、時間を忘れてしまうぐらい夢中にさせられてしまったよ。できるなら、ずっとこのまま永遠に一緒にいたいと思うぐらい」

エレンはこのまま離れてしまう名残惜しさで、胸が苦しくなるのを感じていた。

「私も……ずっとこうしていたかったわ。でも……もう行かないといけないのね」

ルイスが俯いてしまったエレンの顎をそっと引き上げる。

「ねえ、じゃあ約束をしよう。次に逢った時に互いの気持ちが変わっていなかったら……シンシア、僕はあなたにプロポーズをするよ。だから、どうか僕のことを覚えていてほしい」

——シンシアと呼ばれた瞬間、魔法が解けてしまったような気分だった。

「でも、私は……今日のような夜会や舞踏会にはもう出ないわ」

「どうして？」

「……あ、あなた以外の人と、踊りたくないもの」

林檎のように頬を赤くするエレンを見て、ルイスは小さく声を立てて笑う。

「可愛いこと言うんだね。大丈夫……お互いが想っていたら、きっと必ず会えるよ」

お互いが想っていたら？

そんな泡沫の約束を本気にできるはずがない。

エレンは結局最後まで本当の名前を明かさなかった。

きっと彼はこのまま忘れるだろう。

そして自分は忘れなくてはならないのだ。

それから——。

何事もなかったようにエスレ棟の大広間に戻ったエレンは、彼女の行方を捜していたリリアとバーナード侯爵に心配されたが、ルイスのことは一切触れず、少し休んでいたのだと嘘をついた。

ダンスはもう踊らないのかと言われ、実際申し込んでくる男性はいたが、エレンは丁寧に断った。

他の男性のことなど、もう考えられなかったのだ。

◆第三章　王子様とダンスレッスン

瞼の裏が明るいオレンジ色に染まり、小鳥のさえずりが聴こえてくる。

ゆっくりと瞼を開くと、窓辺から差し込む陽の光がカーテンの隙間から広がり、部屋の中を照らしていた。

朝食の準備をしなくては、と思うけれど、身体が思うように動かない。

エレンは寝返りを打ち、気だるい身体をゆっくりと起こす。それからカーテンを開いて、初夏の青空に目を細めた。

バルコニーの窓を開け放つと、心地よい風が頬を撫でる。

夢から覚めたあとの空しさに、エレンはため息をつく。

（……夢。あの日のことも、夢だったのかもしれない）

夢では鮮明に覚えていたはずの輪郭が溶けていく。

ちょうど一年前、舞踏会で出逢ったルイスとの甘くほろ苦い一夜のことを――。ルイスがエレンにプロポーズをしてくれることはなく、相変わらずの毎日が単調に過ぎていくだけだった。それは言うなら平穏無事というものだ。

刹那の時に感じたときめきは、胸の中に仕舞って自分だけのお伽噺にしておけばよい。エレンはそう必死に自分に言い聞かせた。

あれからリリアに公爵から縁談の話が出たのだということをクラリッサから聞いた。今年の秋に二十二歳になるエレンを気にかけて縁談の話をもちかけたりしてくれたが、エレンは頑なに首を横に振った。

父ダスティンを独りにして出ていくことを考えられなかった。まずはプレスコット家がバーナード侯爵に借りを返すまでは働かなければならない。そんな使命に駆られるエレンだった。

たとえば自分が資産家と結婚すれば、貧困に喘ぐプレスコット家は助かるだろうかと考えたこともあったが、爵位を目的にされるだけの結婚だけはどうしてもしたくなかった。

身支度を整え、いつものように朝食の準備をしようとすると、窓の外に御者が乗った二頭引きの立派な箱馬車がプレスコット家の傍に停まったのが見えた。さらに前方から王宮の騎兵を乗せた黒い馬が二頭こちらにやってくる。

「あら、何かしら?」

王国の紋章が刻印されたヘルメットと、国家を表すエメラルドグリーンの鎧と胸甲を身に纏い、膝の上ほどまである黒い革のブーツを履いている二人の騎兵が、馬を輪留めになげると、厳めしい顔をしてやってくる。

市内でセレモニーやパレードが行われる通達は来ていない。もしもそうならまずは警察が市民たちを誘導するはずだろう。

そんなことを考えていると、玄関の方が騒がしくなる。ダスティンの狼狽えるような声を聴きつけたエレンは急いで部屋から出た。

さっき見えた二名の兵の他、誰かがそこにいた。

黒髪をきっちりまとめあげた燕尾服《スワロウテイル》を着た男性が、白い手袋を塡めた手を組み、恭しくお辞儀をした。

「お嬢さんですね。初めまして。王宮からの遣いでエレン様をお迎えにあがりました。アルフォード家の執事、ギルバート・アーネットと申します」

エレンは慌ててつられたようにお辞儀をする。

アルフォード家といえば、エメラルディア王国でただ一つしかない、王家のことだ。

一体王家の人がうちに何の用事できたのだろう。

ギルバートは四十代後半ぐらいだろうか。彼には上品な優雅さがある。

ダスティンは青ざめた顔をして、エレンを促した。

「エレン、王宮から直々に使いが来るなんて……エレン、おまえは何をしたんだい？」

エレンは思い当たる節がなく、妙に顔色の悪いダスティンを見て、不安を抱いた。

「お父様、私だってわからないわ。あの、……どういうことでしょうか？」

エレンはおろおろとギルバートに問いかける。

ダスティンは愛娘の両手を離すまいと手を握りしめた。

「我が王子が、一年前の舞踏会の件で、あなたに確認したいことがあるとのこと。詳しくは王宮でお話をさせていただきます」

一年前の舞踏会――。

それを聞いたエレンの表情からさっと血の気が引いた。

「娘が何か失礼を働いたことでもあったでしょうか」

ダスティンは、娘は何も後ろめたいことはしていない、と必死に訴えかける。

「ご心配なさらないでください。罪を問うようなお話ではありませんから。今日中にはこちらに送らせていただきます」

ギルバートはおだやかに笑みを刻む。だが『罪』という言葉と、わざとらしく作られた笑顔がエレンを不安にさせた。

エレンに拒む権利はなかった。有無を言わさず兵に促され、ギルバートと共に馬車に乗り、王宮へ連れ去られていくのだった。

◇◇◇　◇◇◇　◇◇◇

フィオール王宮の第二城門が開かれると、切妻の屋根が覆いかぶさった荘厳なドーム型をした宮殿と、東西南北に規模の異なる四つの城が見えてくる。

第一の門から入場門へ馬車が入っていくと、素晴らしい景色がエレンを出迎えた。

左右均等に整えられた庭園と中央の泉水に目を奪われる。王宮を囲む昼間の風景は、夜会の時に見えたものとはまた違った美しさがあった。

舞踏会が行われていた城館の奥にあるのは温室、それから薔薇園だろうか。鮮やかな薔薇が咲きこぼれている様子が目に映った。

だが見惚れている場合ではなく、気を紛らわすものに過ぎない。

エレンは偽名を使って夜会にいた日のことを思い返し、罪に問われる恐怖で震えあがっていたのだった。

「これから王子のところへお連れいたします。こちらへどうぞ」

近衛兵たちは敬礼し、エレンを残して去ってしまう。

ギルバートに「さあ」と促され、彼について玄関まで重たい足を歩ませるが、壮麗な城館を前にし、不安と恐怖で震えが止まらなかった。

どうやら王族が暮らしているプリム棟に連れていかれるらしかった。中央の宮殿から繋がる回廊を歩き、絨毯が敷かれた大理石の大きな階段《ステアケース》をあがっていく。

「あの、舞踏会に参加したことがやはりよくなかったのでしょうか」

おそるおそるエレンが探りを入れると、ギルバートは切れ長の瞳を細め、おだやかな笑みを浮かべた。

「どうかご心配なさらないでください。詳しくは王子からお話があるでしょうから、私からは慎ませていただきます」

「わ、分かりました……」

ギルバートについていき、王子との謁見《えっけん》の間に案内されると、金の飾りが施された立襟に肩章のついた濃紺の礼装を召した美しい男性が、玉座からこちらを見下ろしていた。

王子の姿を目に入れたエレンは、思わず息を呑んだ。

これは夢の続きなのだろうか。あの一年前の舞踏会の日のことが蘇ってくるようだった。

眩い琥珀色の金髪《ブロンド》、まるで鷹のように雄々しい面差し、美しい紺碧の海を想わせるロイヤルブルーの瞳、立派な男性を表す鼻梁、色香を含んだ甘やかな唇、雄々しさを思わせる喉仏、肩幅のある逞しい様……そのすべてが、ルイスを思い出させる。

（まさか彼が……？）

エレンは目の前の王子を凝視したまま立ち竦んでしまった。

「やぁ、よく来てくれたね」

よく通る低い声が響いた。

「僕の名はジェラルド・ルイス・アルフォード。この国の第一王子だ」

「……っ」

ルイスという言葉にエレンはびくりと大きく反応する。

けれど、エレンの予想は外れた。あの晩に会ったルイスは確かアークライトという姓だった。エメラルディア王国とサファイアル王国では王族同士の結婚がある。とすれば親族だろうか。それにしたって似すぎている。

エレンは目の前の麗しい王子の顔をじっと見つめた。しかしあの日の熱烈な視線を送ってくれた様子は微塵もなく、彼は胡乱げに首を傾げた。

「どうされたのかな？　エレン・プレスコット嬢」

「い、いえ……申し訳ありません。緊張してしまって」

そう、あの晩、エレンはシンシア・ポートランドと名乗っている。今日呼び出されたのはエレン・プレスコット……ありのままのエレンなのだ。

エレンは混乱してしまっていた。するとジェラルドは両手を組んでにこりと微笑んだ。

「あなたをここにお連れしたのは刑に処するような事態があったからではないから、安心してほしい」

「は、はい……」

それを聞き心からホッと胸を撫で下ろすものの、エレンの疑問は未だ解けない。

「では本題に入ろう。あなたはバーナード侯爵のところでダンスのレッスンをされているそうだね。おかげでリリア嬢は一年の間に目覚ましい上達が見られたとか。おかげでリリア嬢は多くの男性の目を引いていたという噂だった。ただ社交界デビューをしたのだし、もうレッスンは必要ないかもしれないという話を聞いている」

それを聞いたエレンは、胸の奥が塞がるのを感じた。

リリアがデビューしてしまえばエレンの出る幕などないのにも拘わらずバーナード侯爵もクラリッサ夫人も気を遣って雇ってくれているのだ。その厚意にいつまでも甘えていることはできない。

ひょっとしたら夜会への招待状もバーナード侯爵が口を利いてくれて相手を見つけてほしいという願いだったのではないかとすら思えてくる。

だけれど、エレンが恋に落ちた相手は――。

エレンはそこまで逡巡したのち、玉座にいるジェラルドを見上げた。

「なぜプレスコット伯爵の娘であるあなたがバーナード侯爵の邸で家庭教師《ガヴァネス》をしなければ

ならないのか不可解だったので、勝手ながら事情を調べさせてもらった。随分とお困りの様子だね」

鋭い指摘にエレンは身を硬くした。一体どこまで調べられていることだろう。

「そこであなたの技量を見込んで取引をしたいと思う。僕にダンスを教えてもらえないだろうか」

「私が……殿下にダンスを？」

急な話にエレンは狼狽えるが、ジェラルドは鷹揚に話を続けた。

「実はこれから秋口に僕の婚約発表が控えている。国王陛下の生誕パーティの舞踏会で妃となる女性を紹介する際、ワルツを踊ることになっているんだ。だが、ダンスはハッキリ言って苦手だ。それまでにダンスが上達できるよう、あなたにダンスの先生になってほしいと思ってね。給金については家令《スチユワート》から説明させてもらうよ」

側で待機していたギルバートが恭しくお辞儀をする。彼は執事というだけではなく、王家を仕切る家令でもあったのだ。

エレンは突然のことで混乱しきっていた。婚約発表が控えているということがショックだった。その上王子はダンスのレッスンをして欲しいと言う。どう返事をしたらいいのだろうか。受けるべきなのだろうか。断ったら何か良くないことが起きるのではないだろうか、とまで考えた。

「驚くのも無理はないだろう。まずは、お茶でもして、ゆっくりとあなたと話をしたい」

王子はゆったりとした微笑みを向けた。

エレンはそれから応接間《ドローイング・ルーム》に案内されたあとで、衝撃的な真実を聞かされるのだった。

◇◇◇　◇◇◇　◇◇◇

ジェラルド・ルイス・アルフォード。

それがルイスの正式な名前であり、彼は隣国のサファイアル王国からやってきた貴族ではなく、我がエメラルディア王国の第一王子だった。

それからエレンは、執事のギルバートが淹れてくれた紅茶とお菓子をいただきながら、ジェラルド王子の事情を聞いていた。

深紅色の天鵞絨《ビロード》が張られた豪奢な金縁の長椅子にジェラルドは腰掛け、揃いのテーブルを挟んで向かい側にエレンは座っていた。

「今まで政略結婚の話題はうんざりしていた。ただ、事情が変わってきてね……実は国王陛下の具合がよくない。僕も二十歳になったし、王子としての務めもある。早々に妃候補を見つけなくてはならなくなった。王子という身分を隠して度々王宮以外の舞踏会にも訪れていたんだけど、なかなかいい女性を見つけることができなかった。あと三ヶ月でどうにか婚約者候補を決めなくてはならないんだよ」

ジェラルドがため息をつく。

王妃がデザインを手がけたという王家の紋章が入ったティーセットは金の縁に彩られ、花々の刺繍を象ったような精緻な模様が入っており、とても素敵だった。

そうして目を奪われるものに意識していなければ、エレンはとても耐えられなかった。

ジェラルドが偽りの名前を使って舞踏会に潜入していた事実を聞かされたエレンはショックだった。

そしてあの晩のルイスだったの？　とは口が裂けても言えなかった。

そんなこと言えるわけがない。一国の王子殿下を前に。

それに彼はエレンがシンシア・ポートランドということには一切触れなかったのだから。

なかなかいい女性を見つけることはできなかった……ということは、『ルイス』ことジェラルドが『シンシア』ことエレンを選ばなかったということだ。

あの甘い一夜は彼にとってなかったことになっている。思い起こせばあの晩、とても手慣れていたようにエレンは感じていた。彼はこれからもあんな風にして花嫁候補となる人物を選ぶのだろうか。

エレンはショックだったが、喉元まで出かかった真実をぐっと嚥下して抑え込んだ。

するとジェラルドがゆったりと立ち上がり、エレンの隣に腰掛け、彼女の顔を覗き込んだ。

「僕の話をちゃんと聞いているかい？」

睫毛のカールされた整った瞳と目が合い、エレンは慌ててティーカップをソーサーに戻した。

「も、もちろんです」

「それじゃあ、早速だけど、来週から頼むよ」

「あ、あの」

「何？　紅茶のお代わりだったら僕でも淹れてあげられるよ」

「違うんです。舞踏会の夜に、ジェラルド王子殿下は、どなたかとお過ごしになられた記憶はありませんか？」

「どうしてそんなことを聞くんだい？」

「ただ……気にかかったんです。私がお世話になっているバーナード侯爵から、素敵な夜会だったと、お話を聞いていたものですから」

「あぁ、リリアといったかな……とても可愛らしい子だった」

エレンの胸に開いた穴が広がっていく。

落ち込んで視線を落としてしまうと、ジェラルドはエレンの髪のひと房をすっと引き寄せた。

「あぁ、すまない。女性の前で、他の女性を褒めるのは失礼なことだったね」

拗ねてしまったと思われたのだろうか。

急に我が身が恥ずかしくなり、エレンはふるふると首を振る。

「いえ、こちらこそ不躾なことを……申し訳ありません。殿下」

「そうかしこまらないでくれないかな。堅苦しいのは嫌いなんだ。僕のことはこれからジェラルドと呼んでほしい」

「そんな。殿下を呼びつけにすることなどできません」

「だってあなたはこれから僕の先生になるんだ。そうだな。特別に愛称で呼んでもらおうか」

「なんて、お呼びすればよろしいですか?」

「ルイス……と」

エレンの頬に火が灯る。心臓が波打ち、息ができなくなりそうになる。慌てて呼吸すると鼻腔にふわりと麝香の匂いがついて、エレンの胸をますます締めつける。

まさか思い出したのだろうか。

期待と不安の入り混じった瞳でジェラルドを見つめると、彼は屈託ない笑顔を見せるだけだった。

彼は今年の春に二十歳を迎えたという。エレンよりも二つ年下だ。

こうしていると、甘やかな美貌をもつジェラルドは、やはり年下という面があるかもしれない。

けれど……『ルイス』の腕の中に抱かれていた時は、年の差など感じさせなかった。

エメラルディア王国の第一王子なのだから当然幼い頃から修練を積んできたことだろう。

鍛えられた美しい身体がちらちらと脳裏を掠め、今目の前にいるジェラルドを直視することができなくなる。

「あなたは面白いな。何でもいいよ。好きなように呼んでくれたらいい」

間違いない。彼は『ルイス』だ。

あの晩、恋に落ちた彼なのだ。

なんてことだろう。この国の王子だなんて……。

こんなことならいっそあの晩すべて奪ってほしかった。

そんな不埒な願望がこみ上げてくるのをエレンは頭の中で必死に打ち消した。

「でも、本当に私がダンスレッスンなんていいんでしょうか」

王子から命令されれば背く人はいないだろう。けれどできれば断ってしまいたかった。

しかしジェラルドの強い眼差しが、エレンの迷う心を引き留める。

「あなたはリリア嬢にダンスを教え、そしてリリア嬢は多くの男性を虜にしたそうだね」

確かにあれ以来リリアには多くの縁談が舞い込んでいるらしいが、リリアはまだ返事をしていないそうだ。

そう考えていると思わぬことを言われてしまう。

「僕も彼女のような人なら……と考えた。しかし競争率が高いようだ。だからこそあなたに協力してもらいたいんだよ」

エレンの胸に落雷に打たれたような鋭い痛みが走る。

つまり、ジェラルドはリリアのような女性の心を引きたいということ……『シンシア』ではなく――。

深淵に突き落とされるような気分だった。

「ありがとうございます。殿下にそのように仰っていただけて、とても光栄です」

そう言いながらもエレンの表情はぎこちない。

斬首刑を言い渡されなかっただけ良かったと思わなければならない。けれどエレンにとってはそれほどショックなことでもあった。

エレンは丁寧にお辞儀をした。それからギルバートに促され、応接間《ドローイング・ルーム》を出ていったのだった。

◇◇◇　◇◇◇　◇◇◇

心配していた父ダスティンに事情を報告すると、どうしたらいいものかと困惑していたが、バーナード侯爵に相談すると、給金のことはともかく、我が国の王子から直々の申し出には断るべきではないと助言をもらい、エレンは早速翌日に王宮を訪れていた。

王宮に到着するとギルバートが待っていてくれ、王族が暮らすプリム棟の『花の間』に案内された。

エレンが落ち着かない気持ちで待っていると、失礼します、と誰かが入ってきた。

黒いワンピースにエプロンを召した小柄な女性が、エレンの傍にくるなり、

「ローナ・ドネリーと申します。これからエレン様の身の回りのお世話をさせていただきます」

そう言い出したので、エレンは驚いてしまった。

「え？　あの……」

家庭教師の身分で、侍女をつけてもらう筋合いはない。

しかしローナはエレンの顔を見て、きらきらと瞳を煌めかせた。

「エレン様、さあ、お召し替えをお手伝いいたしますので。私めのことはお気軽にローナとお呼びくださって構いません。お困りのことがありましたら、なんなりとお申し付けくださいね」

王宮を訪れたらすぐにでも王子と謁見を済ませ、レッスンの時間に入ると思ったエレンだったが、どうやらドレスに着替えてからということらしい。

「まずは浴室《バス・ルーム》にご案内します」

エレンは困惑した。汗は掻いていないつもりだが、王子に命じられたのなら従うしかない。

浴室もまた想像以上に豪奢なものだった。真っ白く大きなバスタブに大理石の床。お茶をごちそうになった時のティーカップとお揃いの陶磁器の石鹸トレイが置かれ、室内は甘いハーブの香りが漂っていた。

浴室から出るとローナが着替えを手伝ってくれた。自分でやれると断ってもそんなことはさせられないと言われてしまい、仕方なくしてもらうことにする。

その途中で着替え用の小部屋にぞろぞろと人がやってきたものだから、エレンは狼狽えてしまった。

「きゃっ……何？」

「驚かせてしまい申し訳ありません。仕立て職人です。今後の為にサイズを測らせていただきます」

一体何事かと思えば、とエレンはため息をついた。

「このドレスじゃダメなのかしら？」

マナーを弁えたつもりでリリアからお下がりにもらったドレスをクラリッサから着せてもらったのだけれど、ここに到着した時のギルバートの仮面をかぶったような紳士な表情がわずかばかり渋く歪んだのを察すると、王子の相手をするには好まれないものだったのだろうか。

そんなエレンの考えを読むかのようにローナはコルセットをきつく締め直しながら言った。

「ご心配なさらないでください。エレン様がお召しになられていたものはデイドレスですから、レッスンの間はなるべく舞踏会を意識したドレスを着てもらいたいとジェラルド王子殿下からご要望があったのです。次からもこのようにお世話させていただきます」

締めつけられる度、息が詰まりそうになるので、エレンは鏡の前で着せ替えられていく自分を眺め、気を紛らわすしかなかった。

エレンが着せられたアプリコット色のドレスは、アンダースカートの上に同素材のオーバースカートを重ねた流行のツーピースのドレスだ。

大きく開いた胸元には上品な絹タフタのリボンが結ばれ、二の腕まで柔らかいシフォンがふんわりと膨らんでいる。袖口にも胸元と揃いのリボンがついていて、とても愛らしいデザインだ。

ボリュームのあるスカートには精緻な花模様の刺繍、それから真珠《パール》がちりばめられ、品の良いなめらかなドレープが上質の絹の艶やかさを輝かせている。

まるであの舞踏会の夜を思い起こさせるような豪華なドレスだった。

「おそらく合うと思うのですが、次回、足の型もとらせていただきますね」

さあ、と足を差し出されておそるおそる白いパンプスにトウを収める。それはエレンの華奢な脚にぴったりで、ローナは白兎が跳ねるように喜んだ。

「まぁ、ぴったり」

「素敵ね」

エレンがうっとりとして鏡を眺めていると、ローナが誇らしげに説明する。

「とてもお似合いです。これは全部、エレン様の為に、ジェラルド王子殿下がご用意してくださったんですよ」

「殿下が?」

エレンはそれを聞いて動揺してしまった。

「ええ。きっとエレン様なら、このような色がお似合いかと。もう半年以上前から、殿下自ら仕立て職人に注文なさってました」

王宮にはデイドレス、アフターヌーンドレス、イブニングドレス、ナイトドレス、それから肌に身に着ける下穿きの替えなどが招待客の万が一に備え、揃えられている。

だがこのドレスは一から作ったらしい。半年も前から考えていたのだとすると、ジェラルドはもうお目当ての女性を見定めているのかもしれない。

そう考えると、胸の傷がじくじくと疼いてたまらなかった。

「ローナさん」

「私のことはローナでよろしいですよ」

嬉々としてローナは返事をする。

エレンはどうしても聞いてみたかったことを、問いかけた。

「じゃあ、ローナ。質問してもいい？　ジェラルド王子殿下は……何か忘れていたり、とか……しないかしら」

「お忘れになっていること、ですか？」

ローナが鏡の向こうで首を傾げる。

エレンは勘違いしていることが恥ずかしくなり、慌てて首を振った。

（そうよ。覚えているわけがないわ）

あの夜会の日、ドレスアップした『シンシア』とエレンは別人だ。

王子にとっては一晩限りの享楽だったのだろうから――。

「いいの。ただ、聞いてみただけだから」

「かしこまりました。では、ネックレスはこちらを」

ローナが胡桃材《ウォールナット》のジュエリーケースから　ドレスの真珠《パール》とお揃いのネックレスを出してくれた。

イヤリングは楕円にカッティングされたダイヤの周りに金の装飾をつけたもので、揺れる度キラキラと煌めく。

すべてジェラルドが自分の為に選んでくれたのだと思うと、ときめいてたまらなくなってしまう。だがすぐにエレンは鏡を見つめて思い直した。

（私は……ジェラルド王子と未来の御妃がうまくいくようにダンスレッスンをするだけなのよ）

「さあ、ジェラルド王子殿下がお待ちかねですよ。家令に一度声をかけるようになっていますので、こちらへお越しください」

ローナが意気揚々と言い、エレンを『花の間』から連れ出すと、ギルバートが恭しくお辞儀をし、エレンのエスコートを代わった。

「とてもお似合いです。お気に召されましたか？」

にこりと微笑むギルバートを見て、エレンは肩を竦めた。

「え、ええ。とても」

「殿下がお喜びになります」

ギルバートに案内され、謁見室に入ると、美しい琥珀色のブロンドをきっちりと整えた美丈夫の存在がエレンの目を奪った。

ジェラルドもまた正装していたのだった。

銀糸で刺繍された濃紺のフロックコートに白いクラバットを結んだ姿だった。ダブルブレストの釦《ボタン》には宝石が塡められてあり、胸にあるのは王子だということを示す階級章だ。

その麗しい姿は、上背があり脚が長いジェラルドをさらに美しく魅せてくれ、エレンは見惚れてしまっていた。

「エレン先生、よろしく」

恭しく挨拶をしてみせるジェラルドに、エレンは恐縮してしまう。

手の甲をすっと引き寄せられ、敬愛のキスを受けると、エレンの頰はたちまち薔薇色に染まった。

しかしドレスアップしたエレンを見ても、やはりジェラルドは夜会で出逢ったことを思い出す気配はなかった。

◇◇◇　◇◇◇　◇◇◇

案内された広間《サルーン》には宮廷楽団が待機しており、舞踏会の日を再現するように、ワルツが奏でられていた。

天井には美しい漆喰装飾《スタッコ》に縁取られたフレスコ画が描かれ、豪奢なシャンデリアが吊り下げられている。壁には歴代の王が描かれた絵画が並び、美しく彫刻された柱の傍では、立派な柱時計が緩やかに流れる時を刻んでいた。

エレンは目を惹くような緻密な寄木細工の床に、まるで吸い込まれそうな感覚さえした。ここは晩餐会などが行われる場所らしい。レッスンは主にこの広間でなされることになった。

エレンの心はざわついたまま霧が晴れない。

ジェラルドに握られた手や、腰に添えられた腕、甘やかな香りを、意識してしまわないようにエレンは必死に打ち消していたのだった。

あの夜会で踊った『ルイス』が本当にジェラルドなら、ダンスのレッスンなど必要ないのでは……と考えていたエレンだったが、実際にレッスンしてみると確かにぎこちなかった。

だが、そんなジェラルドよりもさらにぎこちなかったのはエレンの方だった。

ジェラルドの手に触れる度、いけないと思いつつも、胸の中に淡い心地が広がっていく。

長身のジェラルドの顔をなかなか見上げることができず、エレンは喉仏のあたりに視線をさげていた。

「クロースホールド」

合図をすると、エレンの身体はジェラルドの広い胸にやさしく抱き寄せられ、目と目がばちりと合う。

ジェラルドの熱っぽい眼差しに、身体の芯が滾るように熱くなる。

再び離れた瞬間にエレンは視線をごまかした。

あまりに意識しすぎて、レッスンの時間は永遠のもののように感じられた。

「爪と視線を意識して……」

エレンは声をかけながら、自分も集中することにした。

ワルツの三拍子はエレンにとって体内に時計があるようなものだった。まるで天使のようなステップに、ジェラルドが感心したように微笑む。

「さすが上手だね。いつもこんな風に相手をしていたの？」

エレンの息が弾む。少しずつジェラルドのステップやターンがなめらかになっていく。

次第にエレンの方が彼に合わせるようにくるくると回っていた。

「いいえ。ただ、ダンスが得意だった母から教わって、小さな頃からこうして踊るのが好きだったんです」

それは謙遜ではなく本当だった。エレンの母シンシアは、隣町に領地をもつポートランド伯爵の令嬢だったが、密かにバレエに興味があったらしく、両親に黙ってこっそり練習していたそうだ。

近隣諸国のロマンティックな宮廷バレエに興味があったものの、当時は地位の低い者が生計を立てる為にするものだという見方が強かった為、反対されることが分かっていたからだという。大人になってからは修道院や孤児院の近くで、よくダンスを教えてあげていたりしたらしい。

母と同じようにエレンも年頃を迎えてから教会を訪問し、孤児院の子供たちにダンスを教えてあげているのだった。

誰かの為にしているというよりも、エレンは自分自身がダンスが好きで楽しかった。きっとそういうところも母譲りなのかもしれない。

手を引き寄せられ、ジェラルドと身体が密着する。その折に目が合い、色気のある彼の目元にドキッとする。

「……あなたのような人に、出逢いたかったな」

頬に熱が走り、手が汗ばむ。鼓動が急に速まり、息ができなくなりそうだった。

ジェラルドがどういうつもりで言ったのか、エレンには分からない。

褒め言葉が誘惑に聞こえるのは、秘めた願望のせいなのかもしれない。

耳朶に微かに触れる吐息が、鼓膜の奥に響いて、彼に抱かれたあの晩のことが蘇ってきそうだった。

◇◇◇　◇◇◇　◇◇◇

レッスンを終えたあと、ジェラルドとエレンの二人は応接間《ドローイング・ルーム》に移動していた。

深紅色の天鵞絨《ビロード》の背凭れに金の唐草模様が描かれた長椅子に二人は腰掛ける。

ギルバートがワゴンを引いてアフターヌーンティーの準備をしてくれ、美味しそうなお菓子とあたたかい紅茶を用意してくれた。

お代わりの紅茶を淹れてもらったあと、ジェラルドはギルバートに人払いをさせ、エレンに大切な話があると告げた。

王妃がデザインを手がけたという精緻な模様の入ったティーセットには、サンドイッチ、スコーン、ペストリー、それから美味しそうなデザートが色鮮やかに並んでいい香りをさせていた。

　今は二人しかいないのでエレンがジェラルドの為に紅茶のお代わりを伺ったが、首を横に振られてしまった。

　ジェラルドは窓辺の方に歩いていき、遠くの景色を眺めるように目を細めた。

「僕は大事なことを忘れているみたいなんだ」

「大事なこと？」

　エレンはジェラルドの背を追いかけて、窓の外を覗き込む。

　オウム返しをするエレンを見て、ジェラルドは切ない表情を浮かべた。

「舞踏会の夜にあったことを――」

　エレンは後ろめたさでドキリとした。

「実はある日視察に出かけていた時に、落馬する事故があってね、それ以来……ダンスの仕方を忘れてしまっているだけじゃなく……その頃の記憶がどうしても思い出せなくてね。もしかしたら記憶障害の一つかもしれないらしい。王宮の医師に心労からくるものだろうと言われた。原因はよく分かっていないんだ」

　記憶障害――。

　だからジェラルドはダンスレッスンを申し込み、そしてあの夜のことも思い出せないのだ。

事情を聴いてエレンは納得した。

ジェラルドの長い睫毛が切なげに伏せられるのを見て、彼に万が一思い出してもらえたら……などと自分勝手なことを考えていたことを恥じた。

この国が平和になったのは王族が市民を守ってくれているからだ。近隣諸国ではいつ戦争が起きてもおかしくない状況の国だってある。そんな中、この国は医療や慈善事業も積極的に行っていると聞いている。

贅の限りを尽くした貴族の住まい、煌びやかな衣装や宝石、夜な夜な繰り広げられる舞踏会、豪華な食事に大勢の使用人たち……。そうして貴族が享楽に耽っているのとは理由が違う。

国を支える為の政務、民を守る為の外交。王室にはやるべきことが多くある。

「その症状は治まっているんですか?」

エレンはジェラルドの顔色を窺うように聞いた。

「あぁ。その他に支障はないよ。ただ、王族のたしなみ一つもできない男では、誰も結婚しようなどと思わないだろう」

「そんなことは……ないと思います」

「このことは秘密にしておいてほしいんだ」

「ええ、もちろん。殿下がそうおっしゃるなら」

「約束だよ。エレン。二人きりの秘密だ」

秘密、という言葉に鼓動が跳ねる。

耳の傍で掠れるような甘い声で囁かれると、身体に熱が走ってしまう。彼の声はエレンにとって猛毒だ。

こんな風に感じてしまうなんて、もしもここが教会や大聖堂だったのなら、神様に叱られてしまうだろう。

「エレン」

名前を呼ばれて、そろりと顔をあげる。

「……あなたの傍にいると、不思議な気分になるのは、なぜなんだろう」

エレンはドキリとした。

ジェラルドの手がエレンの耳の下にそっと差し入れられ、彼の指先がやさしくうなじを擽った。

「ひゃっ……」

はしたない声が漏れてしまい、エレンは瞳を揺らがせて謝罪した。

「ごめんなさい」

さっきまでとは違った蜜を纏った雰囲気に、エレンは戸惑っていた。

「どうして謝るの？　僕を感じてくれるなんて、嬉しいことじゃないか」

「か、感じて……なんか」

羞恥と熱で瞳が潤む。心臓が忙しなく早鐘を打っていた。

「そんな瞳をして、今さら否定するなんて、ずるい先生だな」

恥ずかしがるエレンを揶揄するように、ジェラルドは彼女の耳朶に唇をすり寄せる。

エレンはジェラルドから離れようとするが、彼の手に手首を掴まれてしまった。

「っ……もう、先生は終わりです。お願い、離してください……」

「あれ、何も聞いていないんだ。あなたにはまだ教育係としてやることが残されてる」

「え？」

「未来の妃の心を惹きつけるなら、ダンスのあとの親密な会話が必要だろう？」

「あ、……」

耳朶を食まれて、耳孔に熱い吐息が吹きかけられる。秘めたところに滾ったものを差し込まれたかのような錯覚に陥り、ぞくりと、腰のあたりが疼いた。

あの晩のことを、思い出してしまいそうになる。

「……ジェ、ラルド」

「そう、そうやって名前を囁き合って、次はどうするの？」

ジェラルドの低くて甘い声が媚薬のように鼓膜に滑り込んでくる。

「わ、私……そんなことまで分からないわ」

「あなたのダンスはとても魅力的だよ。でも、男はそれだけで女性に惹かれるものじゃない。どうしたら夢中にさせられるのか、教えてほしいな」

「夢中にさせてあげなくてはならないのは……殿下の方では？」

「そう、分かった。じゃあ……試してみるよ。色々、ね？」

美しいサファイアのようなブルーの瞳に吸い込まれるように魅入られていると、ジェラルドはエレンの顎を掬い上げるようにして唇を重ねた。

不意打ちの口づけに、エレンが身体を引き離そうとすると、逃すまいとジェラルドの腕が腰に巻きついてくる。

「んっ……」

「こんな風に？」

「……や、めっ……て……」

「忘れてしまった僕に、先生が教えてくれるって約束したんだろう。これもあなたの使命の一つだよ」

「そんなこと……聞いて、ない……っ」

ジェラルドに追い詰められて、エレンはそのままライティングデスクの上に乗せられてしまった。

ぐらぐらする身体を両手で支えようとすると、濃密なキスが降り注ぎ、息を継ぐ暇もない。

「ん、……だめ、……おろして。いけないわ……」

「だめ……だなんて嘘つきだな。僕を欲しがっているのは……先生、あなたの方だ」

ペティコートごとスカートを捲りあげられ、太腿の柔肉が露わになる。

「……やっ……っ」

内腿を閉じ合わせようとするが、ジェラルドの太い腕が邪魔をする。デスクの上に手をついていたエレンは、がくがくと震えそうになり、彼の首にしがみついてしまった。

すると下穿《ドロワーズ》きの布越しに秘部をなぞられて、息が止まりそうになる。

「……っ」

さらに彼の無骨な指先が湿り気の帯びたそこを往復する。

「ここがどういうことになってるのか、隠したまま帰るつもりだったの？」

ジェラルドの濡れた吐息がエレンの耳朶を濡らす。

それればかりか下肢からはクチュ、クチュ、と淫らな水音が響いて、エレンは耳を塞いでしまいたかった。

「や、……っ……ん、ぁ……っ」

「いけない先生だな。王子に欲情して脚を開くなんて……」

「ちが、……っ」

「何が違うの？　抱きついてきたのは、あなただよ」

ふっとジェラルドは皮肉を込めて笑った。

エレンはジェラルドから離れようとするが、力が抜けてしまった手をデスクにつくと、今度は勝手に脚が開いてしまう。

「ほら、脚を開いて、誘惑してるじゃないか」

あたかもエレンが悪いかのようにジェラルドは言いながら、絹越しに指先に力を込めた。

「……っ……ぁっ……擦らない、で」

「こんなに濡らしてどうするつもりでいるのかな？　これからあなたは着替えないとならない……。これじゃあ侍女たちが何があったのかと思うよ」

ジェラルドの指はわざと緩慢にそこを往復する。

ぷっくりと膨れ上がった媚肉が張りつき、赤く尖った先端がうっすらと透けていた。

「お願い……っ……はぁ、……」

「黙っていてほしい？」

エレンはこくこくと頷く。

するとジェラルドは下穿き《ドロワーズ》をずるりと引きずり、エレンの足を左右に開いたのだった。

「ひゃ、やっ……」

やめてくれると思ったのに、もっと恥ずかしいことをしようとするジェラルドに、エレンはいやいやと首を振る。

「さっき言っただろう。二人きりの秘密だって。僕だって、あなたに何をしたんだと疑われるのは困る……だから、口封じしておかないと。ね？」

ジェラルドはそう言って、これからはじまることを予告するかのようにエレンの唇を奪った。

「ん……、ふっ……」

エレンの顋は、がっしりと節張った手に支えられ、熱い吐息を吐く彼女の唇にジェラルドの舌がぬるりと差し込まれる。

下肢の方ではジェラルドの指がエレンの秘部の割れ目を指先で擽っていた。

深く舌を絡めとられながら続けられる行為に、まるで彼の舌先で下肢まで舐められているような錯覚に陥る。感じやすい尖端を擦られると、どうしようもなく疼きが走った。

「ふ……、はぁ……ん、っ……」

熱くぬらついた舌を絡ませ合いながら、どうか解放してほしいと濡れた瞳で懇願するエレンに、ジェラルドはもっと怖いことを言い出した。

「今したみたいに、あなたのもう一つの唇に、同じことをしてあげる」

「……や、……っ……も、……ぅ……」

するりとジェラルドの金髪がエレンの胸の谷間を撫でていき、彼の大きな手がコルセットを緩め、乳房を解放する。

「あ、だ、……だめっ……っ」

薄桃色に色づいた乳首が、ツンと上を向いて誘うように揺れていた。

濡れた舌がペロリと這わされ、身体が波打つ。

「こっちも惜しいけど、今は……ここをどうにかしないとね」

ジェラルドがエレンの両脚をさらに大胆に開かせ、ふっと熱い吐息を吹きかけてくる。

彼女のそこは赤く濡れてひくひくと痙攣していた。

「や、……見ない、で……っ」

「こうなってることぐらい、想像してたよ」

ジェラルドは堂々といやらしいことを言い、指先でツンと先端を押し潰した。

「ひっぅ……あっ」

くりくりと円を描くように擦られると、泣きたくなるほどの快感に身悶える。

次にはジェラルドの唇が蜜口に吸い寄せられていき、熱い吐息と共に口腔内に含まれていった。

「……ん、やめ、っ……」

ジェラルドの熱く濡れた舌が割れ目をなぞりあげ、それから彼はちゅっと先端を吸い上げる。

「ここのいやらしい唇をそのままになんてしておけないだろ。僕がいっぱい吸ってあげるよ」

さっきよりも激しく唇で吸われて、エレンはぶるりと身悶えた。

「あ、んっ……嘘、つき……っ」

いやいやとかぶりを振っても、太腿を抱え込まれてしまっているし、うしろは壁だ。

暴れればデスクが軋み、エレンは自分の両手をデスクの上について必死に耐えるしかなかった。

「嘘って、何のこと？　これじゃあ足りない？」

そう言いながらジェラルドは唾液に濡れた舌先をぐにゅりと隘路《あいろ》に差し込み、花芯を弾く。

「や、っ、はぁ……ちが、そういうこと、知ってて……言ってるんでしょう？」

なんて卑猥な格好をしてしまっているのだろう。

王子に跪かせ、彼の目の前に恥ずかしい場所を晒してしまっているなんて。王子に対する冒瀆だ。そのはずなのに彼は美味しそうに媚肉を貪る。

「はぁ、……あっ……」

ピクピクと花芽が小刻みに震え、彼に舐めしゃぶられる度、ますます蜜は溢れていく。

「何を言っているか分からないよ。ちょうど喉が渇いてたんだ。先生のここからたっぷり溢れてくるみたいだから、飲ませてもらおうか」

濡れた熱い舌がゆっくりと割れ目を嬲る。

さっき激しく甚振《いたぶ》られた分だけ、緩慢な動きはかえって拷問のようだった。

「あぁ…………っ」

柔らかな唇を花唇に押しつけ、舌をちろりと差し出し、入口をゆるゆると舐る。じんわりと染み出す蜜を啜り、ごくりと雄々しい喉仏が上下する。そうしてルイスは止め処なく溢れる蜜に吸いついて舐めしゃぶっていく。

「……果実みたいだよ。甘酸っぱくて……」

「ちが、……そんなんじゃ、……ンっ」

ひくん、ひくん、と喉まで震えてしまう。

「や、……やめ、て……あぁ、……っ」

さらに媚肉ごと吸い上げられ、エレンの腰ははしたなく揺れる。

ジェラルドはエレンの可愛らしい尻をがっしりと掴んで秘所をそうして執拗に弄った。

「ん、すごいな。どんどん溢れてくるみたいだ。なかったことにしてあげようと思ってるのに、口封じは通じないみたいだ……困ったね」

咎めるようにジェラルドの濡れた舌が、真珠のように膨らんだ花芯を舐る。くりくりと陰核を尖った舌で突かれ、赤く閉じられた花弁が蕾をぱっくりと開かれる。

「……あ、……っ……はぁ、……っ」

ずぶりと舌を差し込まれ、涙が溢れそうになる。

「あ、ぁっ」

上下にねっとりと擦られるとピチュピチュと淫靡な音と引き換えに、耐えがたい愉悦がこみ上げてくる。

「ん、やぁっ……」

「王子に欲情するだけじゃなく、誘惑するなんて……悪い先生だ。口封じじゃなくて……罰を与えないといけないみたいだね」

ジェラルドは赤く腫れあがった花芯を甘く噛み、はしたなく痙攣している中心をちゅうっと吸い上げた。

「あ、ふぅっ……んっ……わたし、……こんなこと、したことなっ……い」

「ねえ、じゃあ、あなたはどうしてここをひくひくさせて感じてるの？　真っ赤に濡らして、早く挿れてほしいって今にも蕾が綻んできそうだ」

エレンの臀部がビクビクと揺れていた。

どうして……。

その理由は、蕩けきった脳内でぐちゃぐちゃに掻き回されていく。

言えるわけがない。

あなたのことが好きだなんてこと……。

「あっ……あっぁっ……」

ぶるっとエレンの身体に震えが走る。

「もうっ……それ以上……したら……っ」

ジェラルドの唇の柔らかな粘膜が花芽を包み、今にも登りつめてしまいそうなエレンの感覚を突き詰めるように舌を丹念に這わせてくる。

頭に靄のようなものがかかり、何も考えられなくなっていく。

もうそれ以上そこに触れないでほしかった。エレンはジェラルドの頭を抱き込むようにして、熱が迸り続けるのを必死に抑えつける。その抗いもむなしく、甘い疼きはついに限界を極め、下肢から頭のてっぺんまで快感が突き抜けていった。

「やっ……あっ……もぅっ……あぁぁっ——」

ビクンビクンと全身に震えが走る。

ぬるりとジェラルドの舌が抜けると、熱いものが滴った。

「……はぁ、……ぁっ……はぁ、……」

コルセットからはみだした豊かな胸は上下に揺れ、エレンの愛らしい唇からは、甘い喘ぎが零れていく。

鋭い快感の名残は、エレンを感情的にさせた。

ぽろり、と涙が零れてくると、頬に伝った涙をジェラルドは舌先で舐めとり、まるで子供がいたずらをしたあとのようなバツの悪い顔で、長い睫毛を伏せた。

「ずるいな。泣くなんて……。ドレスを汚してしまわないように手伝ってあげたのに」

「……だって、……」

「いいよ。きっと身体が驚いたんだね。そういうことにしておいて、特別、黙っておいてあげるよ」

コットンでそっと拭われた秘部がまだ甘い微熱に浮かされて敏感になっていた。

じっとこらえるようにしているエレンを、ジェラルドは見下ろす。

「僕が湯あみを手伝ってあげてもいいんだけど、それとも一緒に入る？」

「だ、ダメです……そんなこと」

「そう？　残念だな」

どうか見ないで欲しかった。

視線だけで身体をなぞられているような気分になってしまう。

ジェラルドはそれから侍女ローナを呼びつけた。

「話は終わったから、着替えを手伝ってやってほしい」

「かしこまりました。さあ、こちらへ。エレン様、どうされましたか？　御気分でも？」

「いいえ。何でもないわ。大丈夫よ」

エレンはジェラルドの視線を感じて、はっと取り繕った。

どうしてあんな風に濡れてしまうのだろう。

どんなに想いを隠そうとしたって身体が反応してしまってはどうしようもない。

ローナがいくら話しかけてきてもエレンの耳には何も聴こえてこなかった。

馬車で送られて帰宅したあとでエレンは今日のことを思い出して熱いため息をついた。

今からでも遅くない。断らなくては。

だけれど、あのジェラルドの様子からすると、許してくれそうにない。

エレンはジンと疼く下腹部を押さえながら、これから先のことを案じた。

◇◇◇　◇◇◇　◇◇◇

ジェラルドは私室の窓辺からエレンが近衛兵に馬車に乗せられて帰っていくところを眺めていた。

「失礼します。ジェラルド王子殿下、お呼びでしょうか」

侍女のローナ・ドネリーがお辞儀をして、中に入ってくる。

黒のワンピースにエプロンを召した彼女は、主にジェラルドの身の回りの世話をしている侍女だ。ゆくゆくは国王となるジェラルドの妃につくことになるだろう。

「あぁ。ローナ、君に準備をしてもらいたいんだ」

「準備と言いますと？　ウィルフレッド王子のご帰国に合わせての晩餐会でしょうか」

ジェラルドには弟が一人いる。この国の第二王子であるウィルフレッドだ。彼は今、サファイアル王国に留学していて、まもなく帰国する予定なのだ。だが、そのことではない。

「ドレスと部屋の準備だよ。それから今後『彼女』のお世話をしてもらいたい」

それを聞いた瞬間、ローナの表情がぱっと明るく輝く。

「では、ご縁談をお受けになられるのですね？　もちろん喜んで準備させていただきます！」

瞳をらんらんと輝かせ、そわそわと浮き足立ち、頬を紅潮させるローナに、ジェラルドは呆れた顔をした。

「縁談？　ギルバートからまだ何も聞いていないのか？」

「ええ……と。サファイアル王国のクリステル王女様とのことでは？」

「それは早々に書面で断りを入れた。まったく君は……ライオネルと親密にしているようだが、このところ彼のことばかり考えすぎているんじゃないか」

「そんな！　誤解なさっています。ライオネル様とは別にそんな関係では！　けして！

殿下に失礼なことをしてしまっていたら謝罪申し上げます。申し訳ありません！」

雛鳥が必死に空を仰ごうとしているかのように抗うローナを見て、ジェラルドは笑った。

「そうか？　僕の見当違いかな」

「さようでございますよ、殿下ったら……では、私はさっそく仕立て職人に声をかけてきますので」

ローナは動揺を隠しきれなかったのか、大事なことも聞かずに慌ただしく退出してしまった。ジェラルドはあえて引き留めなかった。心配しなくても王宮を仕切っているギルバートが彼女の指導をしてくれるだろう。

実はこの一年の間に国王が病を患っていることが分かり、その事実は王宮のトップシークレットとなっていた。

国王がだいぶお年を召している為、今年の生誕パーティまでに世継ぎとなるジェラルドにいよいよ婚約者を決めてもらわなければならないと重圧が押しかかってきたのだ。

第二王子のウィルフレッドがいるが、王位並びに爵位は、直系の長男が引き継ぐものとされている。現国王に万が一のことがあれば、ジェラルドが後を継がなければならない。

これまで王族や貴族という目でしか判断しない女性に辟易し、交際はおろか結婚する気になれなかったジェラルドは、事あるごとに縁談を断ってきたのだが、そろそろ言い逃れできない状況になってしまっていた。

このところ様々な縁談を用意されてきたが、それでもジェラルドは『ある女性』のことが頭から離れていなかった。

それは『シンシア・ポートランド』のことだ。

舞踏会が終わった翌日、ギルバートに頼んで受付の手帖からシンシア・ポートランドの名前を探してもらったが、一致する名前は見つからなかった。

王宮では事前に招待客をしっかりと把握しているので、リストにない人間は出入りできるはずがない。不審に思ったジェラルドは大学と政務の間に次々に押し寄せてくる縁談をやり過ごし、家臣たちに調べさせたのだ。

ジェラルドは日頃から教会や孤児院の様子を見て回っているのだが、ある日セントトウエルリー教会を訪れたジェラルドは、ふもとの墓地の前にいる彼女を偶然見つけた。

ジェラルドは墓参りをする彼女の様子を遠くから見ていた。そして孤児院の子供たちに楽しそうにダンスを教えていた彼女は……シンシアではなく、『エレン』と呼ばれていた。

それからまもなく、シンシア・ポートランドは、エレン・プレスコットの母親の姓であり、彼女が自分と同じように偽名を使っていたことが分かったのだった。

◆第四章　腹黒王子の愛の手ほどき

最初のレッスンの翌日のことだった。

プレスコット家の前に馬車が停まり、近衛兵二名がエレンを訪ねてきた。ダスティンは既に出かけていっていない。エレンはひとり心細く玄関を開いた。

すると見たことのある顔と対面した。兵の一人はライオネル隊長だった。

主に王子の身の回りを警護する隊長が直々に訪れたということは、また何かあったのではないかとおそるおそる用件を伺うと、王子からの贈り物ですと言われ、上品なヴェルベットに包まれた四方の箱を渡されたのだった。

リボンを解いていくと、ウォルナットの宝石箱が顔を出した。正面には王家の紋章が入っている。

「これは……？」

「この場でどうぞご確認ください」

エレンがそっと上蓋を開けると、ダンスレッスンの時につけさせてもらった素晴らしいネックレスとイヤリングが入っていた。

「あの、これは一体……」

「たしかに受け取ったことを見届けましたので、我々は王宮に戻ります。明日また同じ時間にご訪問にあがりますので」

戸惑うエレンだったが、厳めしい顔つきをした兵に再び声をかけるのは躊躇われた。

次の日も、その次の日も、高価な贈り物が届けられた。まるで花嫁の儀式のようだとエレンは感じた。

エメラルディア王国では花嫁となる相手に、結婚式までの間、男性は女性に贈り物をすることになっているのだ。

ジェラルドは国の王子なので、それとは別だ。下働きの者に対する褒美のつもりなのだろうか……とエレンは狼狽える。

ダンスレッスンは週に二回だったが、給金をもらうことになっているのに、こうしてご褒美を授けられては礼儀として挨拶に伺わないわけにはいかない。

つまりエレンは毎日のように王宮に向かわなくてはならなかったのだった。

家のことや雑貨屋でのことがある。さすがに疲れてきてしまったエレンは王宮に出向い

た折、ジェラルドに胸中を正直に申し出ると、

「それならこうしたらどうかな。あなた専用の部屋を用意させてもらおう。レッスンの間はここに暮らしてもらうことにする。そうだ。そうすればいい。さっそく、あなたの父上に連絡を入れよう」

などと言い出したので、エレンは困り果ててしまった。

「待ってください。私にもやらなくてはならない仕事があるんです」

給金は十分すぎるほどの額だった。しかしエレンは雑貨屋の女店主に世話になっていたし、裁縫好きなエレンとしてはできたら辞めたくなかった。

それに王子の為に開かれる舞踏会は秋口、あと三ヵ月という短い期間なのだ。

しかしそんなエレンの内情など知らず、ジェラルドは鷹揚な様子だった。

「ここから送るようにする。それなら問題がないだろう？」

「簡単におっしゃらないでください。父のことだって心配です」

「それなら代わりに世話係を派遣する」

「そんな……それじゃあ何の為に私がこちらへ来るのか分かりません」

「何の為だって？　そんな不躾なことを聞かないでほしい」

「……失礼なことを言ってしまったことはお詫びします。でも……」

二の句を継がせず、ジェラルドは言った。

「そういうことじゃない。あなただって、毎日でも僕に会いたいと思っているはずだ」

エレンの頬が条件反射で赤く染まる。

そこまで堂々と言われてしまうと、返す言葉がなくなってしまう。

だんだんとジェラルドの我儘な振舞いにも思えてきて、ため息が出てしまった。

「王子様には分からないんだわ。私がどうして働いているのかなんて……こんな我儘な方だなんて」

傲慢な態度に思わず立場を忘れてむっとしていると、ジェラルドは愉快そうに笑った。

「あなたのそういうところが、僕は気に入っているんだ」

「好きとかそういう問題じゃないのよ」

「先生は短気だな」

まるでこちらが悪い風に言われてしまい、エレンはムッとする。

「もう、これではお話にならないわ」

腰に手を当てて憤慨すると、ジェラルドは後ろから抱きついてきて、甘い声で誘惑してくる。

「あなただって僕にこうされたら嫌な気にはならないくせに」

エレンは頬をカッと赤くし、ジェラルドの腕を押し返した。

「は、離して……」

「そんな真っ赤な顔されたら、説得力がないな」

「そ、それは……誰だって、こうされたら……そうなるわ」

「ふうん。好意がない相手にでも？」

「揚げ足をとらないで」

二人がまるで姉弟喧嘩のようなやりとりをしていると「失礼します」と声が割って入った。

ギルバートが恭しくお辞儀をし、入ってきた。

執事は唯一ノックをすることなく部屋に入ることを許されているのだ。エレンはさっきまでの状況を見られてはいなかっただろうかと焦るが、ギルバートは意に介した風もなく、ジェラルドに用件を伝えた。

「殿下、お客様がお見えです。サファイアル王国のクリステル王女がお会いしたいと。今庭園の方でエマーソン宰相閣下がお相手してくださっています」

ジェラルドは大仰にため息をついてみせ、それからエレンの方を振り返った。

「来客があるそうだ。待っていてほしい」

「はい」

エレンが返事をするとギルバートが提案してくれた。

「エレン様も、よろしければお散歩されるとよいですよ。とてもいい気持ちですから。後ほどローナに声をかけておきます」

にこりと微笑まれて、エレンはホッと胸を撫で下ろし、笑顔を返した。

「ありがとうございます。ギルバートさん」

そうしてエレンはジェラルドの背を見送り、宮殿の外に出て庭を散歩してみることにした。

王宮の目の前にある左右対称の美しい庭園には中央に泉水があり、いくつもの石像やブロンズ像が宮殿と四つの棟を見守るように立っている。

可憐な薄紫色のアガパンサスやバーベナー、鮮やかな赤や黄色のアスター、マーガレットなどが咲いていた。

この国で重宝されているハーブの花や草の種類も色々あり、エレンはベルガモットの白の花を目で楽しみながら、すうっと香りを嗅いだ。

ほのかに頬を掠める風が心地よく、また別の方から甘い芳香を感じてエレンは振り向いた。

庭園のほかにお茶会を開く中庭があり、白いガゼボの傍には薔薇が咲き零れていた。

ゆったりと陽を浴びながら歩いていると、園丁《ガーデナー》とおしゃべりをしていたローナがエレンの姿を見つけてやってくる。

ギルバートに言われて捜していたのかもしれない。

「こちらにいらっしゃいましたか」

軽く息を切らしてローナがエレンの傍にやってくる。

「可愛らしい王女様ね」

エレンの視線はジェラルドと黄色いドレスを着たクリステルが楽しそうに会話をしているところへ向けられる。ローナはエレンの視界を遮断するかのように前に立ち、身振り手振りで説明しはじめた。

「こんなこと言ってしまったら叱られるからナイショですけど、あの我儘な王女様に、ジェラルド王子殿下は度々困らせられてるんです」

「とても仲がよさそうに見えるけれど」

小鳥のように愛らしい笑い声を立てるクリステル王女と、彼女に爽やかな微笑みを向けるジェラルドがエレンの目に映る。

「それはジェラルド王子殿下がお優しいからですよ。サファイアル王国の王子とご学友ですから、妹君のことを無下にできないだけです。縁談の話が出た時も、殿下は少しも嬉しそうではありませんでした。なんでも宮廷内々の事情があってご結婚を急がれてるとか。好きな女性とお幸せになれれば一番よいのですけど」

好きな女性と聞いて胸が痛む。

「そう言うってことは、ローナには好きな人がいるの？」

エレンが問いかけると、ローナがハッとしたように狼狽えた。

「はっ……おしゃべりがすぎましたね。エレン様……私はそんなっ……別にライオネル様とは、そんな関係じゃ」

必死に訂正するローナの顔が赤く染まっていて、エレンは微笑ましくなった。

「私、好きな人とは聞いたけど、名前までは知らなかったわ」

「……お恥ずかしい。そそっかしいとよく言われます。バラしてしまったついでに言います。私の好きな方……ライオネル隊長は素敵な方なんです。この王国の為に尽くされているだけじゃなく弱きものにいつでも優しくいらっしゃって。私は一緒に王宮にいて一目見られるだけで幸せなんです」

ローナの表情は思いやりに溢れていた。

一目見られるだけで幸せという言葉がエレンの胸を突く。

「そう。そうね……そう思わなくちゃいけないわよね」

「エレン様？」

エレンはううんと取り繕ってみせた。

政略結婚も王子の務めだとジェラルドは言っていた。うまくいくようにダンスレッスンをすることが自分に与えられた仕事なのだから。

◇◇◇◇◇　◇◇◇◇　◇◇◇

「ごめん。話が長引いてしまって、待たせたね」

ジェラルドが庭園に姿を見せた。獅子の像が二頭立てられた泉水が、きらきらと陽の光に煌めき、エレンは目を細めた。

彼は高い立ち襟をした濃紺のフラックに胸飾《ジャボ》りのついた白いウエストコートとグレイのパンツを合わせ、肩章のついたマントを羽織っていた。膝まで覆っている黒いブーツの足音が、エレンの隣で止まる。

「実はサファイアル王国に留学している弟のウィルフレッドが帰国する予定でね。弟の学友でもあるクリステル王女から色々と話を聞いていたところなんだ」

「殿下には弟君がいらっしゃったんですね」

「あぁ。多分、僕よりもしっかりしているよ。勉強も真面目にしているみたいだし」

ジェラルドはおどけたように言った。

傍に待機していたローナはジェラルドが下がっていいと命じると、二人から離れた。

エレンはさっき感じていた悲壮感を必死に押し隠しながらジェラルドを労った。

「お疲れではないですか？」

「あなたの方こそ、顔が青白い。どこか具合でも？」

今日エレンは青色のドレスを着ていた。それがますます頬の血色を冷めて見せているのかもしれない。

「いいえ。今日は山から吹きぬける風が、ほんの少し冷たいのかもしれないわ。でも、すごく気持ちいい。夏の花《エスレ》は明るい色がいっぱいで見ているだけで元気にさせてもらえますね」

エレンが作ったような笑顔を向けると、そっと伸びてきたジェラルドの指先が、エレンの冷たい頬を撫でる。たちまちエレンの胸は甘く弾けて、ジェラルドの顔を見つめ返すことができなくなってしまった。

「戦時中は、こんな風に花を愛でることなどなかったんだろうな。今もその名残がある小さな村の方まで訪れることがあるんだけど、ろくに食糧が行きわたらないほど貧困なところもある。惨状を目にする度、もっとこの国が豊かに暮らせるように変えていかなくてはならないなと思うよ。こうして少しの時間でも心が癒えるようなゆとりをもてるように……」

庭に咲き誇る花々を眺めて、ジェラルドは目を細めた。

いつだったか享楽の為に舞踏会に顔を出していたに違いないと疑ったことを、エレンは心から恥じた。

ジェラルドは我が国の王子なのだ。

両親とともにミサに出かけた時、度々王子が教会や孤児院の様子を見にきてくれているということを耳にしたものだ。きっと王族には市民には知りえない部分で大変な気苦労があることだろう。

もしその時に会えていたら……彼が王子だと知っていて身を弁えていたのなら、あの舞踏会の夜に恋に落ちたりせずにいられただろうか。そんなことまで考えてしまって、エレンは我に返る。

「きっと、大丈夫です。ジェラルド王子殿下がそのように考えていらっしゃるなら、きっと」

エレンは力強く、心からそう声をかけた。

ジェラルドの端整な表情がゆるりと笑みを浮かべる。

「ありがとう。あなたにそう言ってもらえると、とてもおだやかな気持ちになれる。不思議だな」

そうっと伸びてきたジェラルドの手が、頬にかかるエレンの髪をよけて、優しい眼差しを注ぎ続けた。

一秒でも長く……。

こうして傍にいられることが幸せと思いたい。

だけど、いつか誰かと結婚してしまうと考えると、胸が苦しくなってしまう。

エレンはおずおずと口を開いた。

「殿下にお願いがあるんです」

「何だい？　あなたの為だったらどんなことでも叶えてあげるよ」

エレンから何かを申し出るのが珍しいからか、ジェラルドは嬉しそうに彼女を促した。

「やっぱり私は……ダンスの先生はこれ以上は続けられないと思っています」

エレンが訥々と訴えかけると、ジェラルドの顔からたちまち笑みが消え、彼は辟易したようにため息をついた。

「懲りない人だね。あなたは……。どうしてそんなに強情なんだろう。そんなことを言うと、無理矢理にでもベッドに押し倒して、返事をさせたくなってしまうよ？」

「そういうことを……言うから……」

誰かが聞いていたらどうするのだろう、とエレンは声を潜めるが、ジェラルドは少しも気にしていない様子だった。

「仕方ないだろう。本心なんだ」

「殿下の御妃になる方が耳にしたら傷つきます」

「そう。分かった。あなたは妬いているんだ。だから元気がなかったんだね」

　エレンの頬にうっすらと赤みがさす。

「ちが、違うわ」

「そうだよ。その顔は絶対にそうだ。しょうがない人だな。隠す自信がないなら、せめて口先だけでも認めるといいよ」

　くすくすと耳障りな笑い声を聞き、ますますエレンの頬は赤くなっていく。

「ふふ。可愛い先生だね」

「も、もう、違うったら」

「仕方ないから特別に教えてあげるよ。さっきの王女との縁談はとっくに断っている。僕の婚約者ではないよ」

「……………」

　あからさまにホッとした顔をするつもりはなかったのに、ジェラルドには伝わってしまったようだ。

「どう？　安心した？　これで問題ないだろう？」

「でも……それでも私は……」

　ジェラルドの傍にいると辛い。

　素直にそう言えたら楽になるのに……。

「とにかく私は……王宮には暮らせません」

「どうして急にそんなことを言い出すのさ。エレン、あなたは怒っているの？」

「私にそんな権利などありません。まして……殿下にそこまでしてもらうほど素晴らしい女性ではありませんから」

エレンがグラスの水をかけるかのようにぴしゃりと返すと、ジェラルドは寂しそうに長い睫毛を伏せた。

エレンは彼を傷つけてしまったのではないかと不安になるが、いつまで経っても子供みたいにごねられていても困る。

「さあ、ダンスのレッスンをしましょう。舞踏会までにしっかりマスターできるようになりたいのでしょう？　精一杯させていただきますから」

エレンは取り繕ってじゃれるようにわざとジェラルドの背を押してやる。

「お許しください。背中を押さなければ、いつまでも殿下はわがままを仰るでしょう？」

ジェラルドは瞠目し、躊躇うような甘い視線を向けた。

「エレン、一つだけ言っておこう。あなたは王宮に仕える使用人じゃない。僕の大切な人だよ」

エレンはそんなジェラルドの特別な気持ちが嬉しかったが、どう返事をしていいか困った。

『ルイス』が王子ではなかったら良かったのに。

いえ、ジェラルドが……。

◇◇◇　◇◇◇　◇◇◇

記憶がないなんて嘘だ――。

これほど恋焦がれている彼女を、どうしたら忘れられるだろうか。

エレンの空元気な様子を眺めながら、ジェラルドは一年の間、彼女のところへ通っていたことを思い浮かべていた。

度々ジェラルドは慈善事業の一環として教会や孤児院を巡るその足で、エレンの様子を見に行っていたのだった。

どうやらエレンの母親はバーナード侯爵夫人と共に慈善活動に積極的だったようだ。亡くなった母親の遺志をついだのだろうか。エレンはまるで野ばらに咲き誇る花々のように笑顔を綻ばせ、孤児院の子供たちと触れ合っていた。

すぐにでも声をかけたかったが、急に王子として現れたのでは驚くだろう。

ジェラルドは気づかれないように小高い丘の上に馬車を停め、彼女の様子を見つめていた。

父親のダスティンに声をかけられたエレンは五つか六つぐらいの少年や少女たちに手を差し伸べ、ワルツの調べを口ずさみ、ステップを踏んだ。

ウエーブのかかった濃褐色《ブラウン》の髪が風に揺れ、零れんばかりの大きな瞳は翠玉石色《エメラルド》に輝き、可憐な桃色の唇はやさしく口角をあげ、聖母のような清廉さを纏い、子供たちにあたたかな春のような眼差しを降り注ぐ。彼女の歌声は女神のようにおだやかにあたたかく響き渡っていた。

伯爵令嬢の可憐さを持ち合わせながら、町娘のような気さくなあたたかさに、ジェラルドはすっかり惹かれてしまっていた。

無邪気にダンスを踊り、歌を唄う彼女に心を奪われてから、最初に出逢った日を想う。こうして見つめている今、あの晩以上に深く胸に迫りくるものをジェラルドは感じていた。

澄んだ初夏の風のようにやさしく、美しい紺碧の海原をゆく船のように力強く、ジェラルドの心にエレンの存在が大きく近づいてくる。

あの舞踏会の夜の出来事を振り返り、胸の中に火を放ったのではないかと感じるほど急速に熱くなり燃え盛る。

――これが『恋』と呼ぶものなのだろうか。

ジェラルドの瞳には、エレンの愛らしい姿がいつまでも目にやきついて離れなかった。

それからもジェラルドはエレンの様子を度々見に行った。国王や王妃が気を揉んでいたので、自分が決めた女性でないと結婚しないと言い張ったジェラルドは、その折にもエレンの存在を明かしたのだ。彼女以外は受け入れない——と。

しかしどうやって彼女を王宮に呼び寄せようか……ジェラルドは考えた。

『もしもまた会えたらプロポーズをする』

一年も過ぎてしまった今、彼女は覚えていてくれるだろうか。

まず第一に、彼女は嘘をついてしまっているのだ。それを追及してしまったら気に病んでしまうことだろう。そしてジェラルドもまたルイス・アークライトと偽名を使ってしまったのだ。このまま迎えに行っても誤解を与えてしまうかもしれない。

エレンの家庭の事情や彼女の性格からすると、求婚したとしても借金のことなどがあり、引け目を感じて嫌がるかもしれない。

そう考えたジェラルドは、エレンがバーナード侯爵令嬢にダンスレッスンをしていることを知り、その手を使わないことにははじまらないと、早速計画を練ったのだった。

◇◇◇　◇◇◇　◇◇◇

王宮の馬車で一時間ほど揺られ、プレスコット家に戻ったあとも、やはりダンスの先生の仕事の件で、エレンは再び思い悩んだ。

あのまま王宮にいればジェラルドと一緒にいられる。けれど彼はいつか結婚してしまう身。好きになって辛くなるのは目に見えている。

だがプレスコット家の窮地を救ってくれたバーナード侯爵への恩返しをするには、ダンスのレッスンをして給金をもらった方がずっと条件はいいのだ。

「エレン、調子はどうだい？　王宮ではさぞ気を遣うだろう。さあ、一杯ハーブティーを淹れたよ」

部屋で悶々と考えていると、帰宅した父ダスティンがエレンの様子を窺ってきた。

王宮の暮らしとは違って、何でも自分たちでやらなくてはならない。唯一の使用人であるメイドはというと、住み込みではなく、必要な時に雇うようにしている。

父こそ娘に気を遣っているということがエレンには分かった。

「まぁ。お父様が……ありがとう。そうね、なかなか大変よ」

「すまないね。エレン」

ダスティンは口癖のように言った。そしてエレンもまた家族なんだもの当たり前よ、と返した。

私室に入り、エレンはジェラルドの様子を思い浮かべた。

ライティングデスクの上にはレースの生地が山ほどある。少し前なら夜眠る前に刺繍を縫ったりして、ささやかな幸せに浸っていられたのに……。

今はジェラルドのことばかりが浮かんで、やるせないため息ばかりが零れていってしまう。

それから一ヶ月経過する頃、夏《エスレ》の季節も中ほどになり、暑い日々が続いていた。果実がたわわに実り、爽やかな風が緑を揺らすのが、眩しく映る。あとひと月もすれば、秋《オウル》の訪れに葡萄がたくさんなることだろう。

ワイナリーはなくなってしまったが、葡萄畑の丘は美しい段々畑を見せている。

休日の午後、ゆっくり部屋で裁縫をしようかと思っていたところ、王宮から遣いの者がやってきた。

あれほど言ってやめてくれると期待したのが間違いだった。

今度は宝石ではなく、ジェラルドから直筆の手紙が贈られてきたのだ。

それもこの手紙は『恋文』だ。

『親愛なるエレン。あなたは今どうしているだろう。月が雲から顔を出すほんのわずかな時間でも僕を思い出してくれているだろうか。毎晩、あなたを想って眠れない。何を贈ったらあなたは僕の気持ちに気づいてくれるだろうか。どうか次に会ったらあなたの気持ちを聞かせてほしい――』

　手紙は一枚どころか二枚も三枚にも渡って綴られていた。

『あなたに敬愛を込めたキスを贈った時、それからあなたが少女のように恥ずかしがる様子を見て、僕は久しぶりに雄の本能というものを感じたよ。もっと浴びせるように愛を囁いていたら、僕にその身を預けてくれたかな？　できるなら、もっとあなたの甘い肌を吸って……秘めたところを優しく暴いて、もっと恥ずかしがる様子を見てみたい。こんなことを書いたらあなたは怒るかな』

　エレンは手紙を読んでわなわなと肩を震わせた。

（な、何なの……これは）

　ジェラルドが本心でこの恋文を書いたとは思えない。

　エレンは恋愛小説を読んだことはあるけれど、こんな官能的な文面をよくも堂々と綴れるものだと年下王子の神経を疑う。

　しかも揶揄するような文末の結びを読んで、エレンは確信したのだ。彼はわざと怒らせる為に書いたに違いない。

（信じられないわ、王子ともあろう方が、なんていう人！）

　こちらから文句を並べた手紙を送れば、まず王子のところまで届かないだろう。事前に読まれてしまったらまず囚われの身だ。

エレンは翌日のレッスンの前に王子との謁見を願い、ジェラルドの部屋に呼ばれて二人きりになってから彼を責めた。

「一体、どういうおつもりなのでしょうか？」

贈り物では飽き足らず、辱めるような手紙で釣ろうとするのだから、悪質極まりない。

エレンは立場も忘れてジェラルドに摑みかかったのだった。

「せっかく綺麗なドレスを着てるのに、怒った顔をしたら台無しだよ」

ジェラルドはいつものように鷹揚な様子でローナに召し替えしてもらったエレンを眺め、残念そうにため息をつくだけだった。

「ごまかさないで。からかったりするのは、やめて」

激昂するエレンに対して、ジェラルドは少しも悪びれなかった。

「からかってなんかないさ。あなたが辞めたいなんて言うから、どうしたらあなたの心を引き留められるか考えたら、あれしか思い浮かばなかったんだ」

真剣な顔をしたジェラルドを見て、エレンは戸惑っていた。彼に執着されるような覚えはない。そこまでされる身分ではないのだから。

「そう。センスがなかったかな。ごめん」

ジェラルドがしゅんと落ちこんだ顔をするので、エレンはきまり悪く感じてしまう。

「そうじゃなくって……困ります。あ、あんな……風にされたら」

「手紙にも書いておいただろう。僕から聞くよ。エレン、どうしてあなたは、僕から離れたいと望むんだい？　僕は女性の気持ちには疎いみたいだから、ちゃんと教えてほしい」

「そ、それは……」

熱っぽいジェラルドの視線を感じ取り、エレンは口ごもる。

エレンだって離れたいわけではない。好きになってはいけないと我慢しているのに、ジェラルドが悪戯に刺激をするようなことをするから困るのだ。

「レディは手紙が好きだろう？　なんだかこの間はご機嫌が悪かったようだから」

「王子様が私などの為にご機嫌とりなんてしなくていいんです」

「あなたの機嫌がどうとかよりも僕が落ち着かなかったんだよ。あんな態度を取られたら気にならないわけがないだろう。僕にとってあなたは大切な人なんだから」

エレンはそれを聞いて、庭園の前でジェラルドに言われたことを思い出した。

『エレン、一つだけ言っておこう。あなたは王宮に仕える使用人じゃない。僕の大切な人だよ』と。

「どう……して、そこまで気にかけてくださるの」

ジェラルドの熱い手がエレンの華奢な指先を握る。

そんな風に触れないで欲しかった。

皮膚が微かに触れる仕草や、わずかに瞬きをして見つめる仕草にさえ胸が高鳴ってしまうのに。

「あなたこそ、どうして僕を拒むの?」

エレンが答えられないでいると、ジェラルドは指の先をもちあげ、そこへキスをした。

ぴくりと震えてしまったエレンの手を引き寄せ、慈しむように口づける。

それは舞踏会に初めて会った夜のことを思い出させるものでもあった。

「……っ」

「その顔が見たかった。まるで媚薬みたいに……僕を夢中にさせるんだから悪い先生だな」

長い睫毛をふわりと浮かせて、澄んだ海のような瞳で見つめるジェラルドにエレンは魂ごと奪われ、そのまま吸い込まれてしまいそうな気分だった。

キスだけで感じてしまったあの日のことが鮮明に蘇ってしまう。

それればかりか『ルイス』との一晩のことも。

「わ、私は……何も悪いことなんか……」

「してないって言えるの?　だとしたら無自覚な人なんだな」

くすくすと指先に触れる吐息にさえ、エレンは感じてしまう。

「あなたが誘うから悪いんだ。恋文なんて初めて書いたよ。あなたに夢中になりすぎて他の女性と結婚する気がなくなったら、あなたはどう責任をとるつもりで?」

「……ひどい、わ……そうやって私の所為にするのね」

ジェラルドの舌がつっと人差し指と中指の間を舐めまわし、輪郭にそって濡れた舌を這わせた。

「……あっ……」

ぞくっと震えが走り、エレンはいやいやと首を振る。ジェラルドの甘い唇がエレンの人差し指を深く啄み、舌をゆったりと這わせながらしゃぶりつく。

「ん、……や、っ……離して」

生温かい粘膜に包まれ、じっとりと官能的な感覚が迫り上がってくる。

手を引っ込めようとするが、ジェラルドの力強い大きな手に手首をがっしりと摑まれ、動けない。

ジェラルドは不敵な笑みを目元に浮かべ、色っぽい眼差しを向けながら、ちろちろと舌を這わせていった。

「……あ、……」

思わず声が出てしまった。

生々しい感覚が伝わってきてぞくっとする。

ジェラルドは、わざとちゅっと音を立てたり、子猫がミルクを貪るようにぺろぺろと舌を這わせたり、エレンの手を執拗に舐めまわした。

「っ……」

「特別、赦してあげてもいいよ」

ジェラルドのその言葉を聞いて、エレンは濡れた瞳を向ける。やっと解放されるのかと思ったら、その意図は期待したものとは違った。

「声を出してもいいよってことだよ。エレン……。指を舐められても気持ちいいだなんて、あなたはよほど淫乱のようだね」

ジェラルドに蔑むような目で見られ、エレンは首を振る。

「そんなことあるわけ、ないわ……」

ドクドクとまるで脳の中で鼓動が鳴っているようだった。

「強がらなくてもいいよ。そんな真っ赤な瞳をして、もう君の特別な場所は……とっくに濡れてるんじゃないかな」

ジェラルドの視線がエレンの胸の先や下腹部に降りていく。

「おねがい、ジェラルド、もう……やめて」

エレンはぎゅっと唇を噛みしめ、ジェラルドが執着している行為をやめてくれるのを待つしかなかった。

「そう、そうやって僕のことを呼んでほしい」

エレンの薬指がジェラルドの舌に舐めとられていく。

「ん、やっ……」

「どうしたの？　声を出してもいいって許可したのに」

「……っ……」

妙な声を出すわけにはいかない。

部屋の外には従僕《フットマン》がいる。ギルバートが出かけており、代わりにジェラルドのお召し替えを命じられていたのだ。

「あなたに触れると、大切なことを思い出せそうな気がするんだ」

ジェラルドは哀願するような眼差しを向け、エレンの手首に吸いつく。

エレンの脳裏にまた『ルイス』に愛された夜が過る。

少し前ならば思い出してもらえるのではないかという期待を抱いていた。

けれど彼はこの国の王子なのだ。いつか結婚してしまう人。だから忘れなくてはならない。

「ダンスの……レッスンの時間に……なるわ。だから……」

「構わないよ。少しぐらいなら」

「そういうわけにはいかないわ。私はその為に殿下に会いにきてるんですから」

ルイスが手首に口づけてくる。

ドレスの袖口をめくりながら肘の角を吸い上げられ、エレンはびくっと反応してしまう。

「本当にそう？」

「え？」

エレンはルイスの意図を探るように見つめた。

「どうしてあなたからは甘い香りがするんだろう。何か特別なものでもつけてる？」

ふるふるとエレンは首を振る。

「おかしいな。じゃあどうしてこんなにあなたのことが欲しくて仕方なくなってしまうんだろう。もしかして敵国のスパイで……あなたは僕を媚薬で虜にして、毒殺でもしようとしているのかな」

ジェラルドはエレンの背に編まれた紐を解き、ドレスを脱がせようとする。邪魔になった下穿きを引き剝がしながら、エレンをベッドに組み伏せた。

「きゃっ……やめて、そんなわけ、ないでしょう？」

「本当かな？　じゃあ証拠を見せて」

ジェラルドの様子がおかしい。彼の獰猛な視線を感じて、エレンはゾクリとする。

「証拠……なんて」

「いいよ。僕が直接確かめるから」

コルセットで押さえつけていたウエストがふわっと緩むと、豊かな胸が零れ落ちてきて、ジェラルドは腰を丸めるようにしておもむろにエレンの乳房を持ち上げ、中心にちゅっとキスをした。

「あ、……んっ……やめっ……」

「これは何？　こんなに硬くして。まるで飴玉みたいだ」

ジェラルドの赤い舌が、震える小さな花芽を転がすように這ってきて、濡れて硬くなったそこを吸い上げた。

「ぁ……んっ……」

「こんなものを隠して、僕に何を教えるつもりだったのかな？」

じんと甘く痺れてかちかちになっていく粒を、ジェラルドの節張った指の腹がこりこりと擦りつけてくる。

「……ん、や、……あっ……」

エレンの意思とは裏腹にぷっくりと芯を伸ばした乳首を、ジェラルドは舌先で執拗に舐った。

「……は、……っだめ、……」

生温かい粘膜の輪にやんわりと乳首を包み込まれ、くにくにと舌で潰され、甘く噛まれる。その行為の繰り返しにエレンは身悶え、いやいやとかぶりを振る。

「すぐに赤くなるんだ。ふふ、可愛いな。あなたそのものを表してる場所みたいだね」

揶揄されてエレンの頬はみるみるうちに赤くなっていく。彼女の胸の先端は舐めてほしいと言わんばかりに主張していた。

「ジェラルド、赦して……もう、しないで……」

「あれ？　あなたは自分の非を認めるの？　悪いことなんてしてないんじゃなかったのか？　それなら僕もちゃんと罰を与えないといけないよね」

ジェラルドの熱い吐息と濡れた舌が、交互に乳首を刺激してくる。口腔の中に咥えながら舌先で叩くように乳頭を嬲られ、エレンは啜り泣くような声をあげた。

「はぁ、……あっ……ん、……やぁっ……」

手や指で感じていたものとは比べられないほどの繊細な快感が突きあがってくる。

下腹部がじんと甘く痺れて、とろとろと潤むものが滴ってしまいそうな感覚がして、エレンは慌ててぎゅっと力を込めた。

それがジェラルドにも伝わってしまったようで、エレンのスカートを捲りあげ、下穿きの中に大胆に手を入れてきた。

「やっ……ぁっ」

腰を引きながら触れられては困ると膝を揺らしてエレンは抵抗するが、ジェラルドの指は無遠慮に蜜を滴らせている蕾の中にぐにゅりと押し入ってきた。

「ひっ……ぁっ……いたっ……あぁ……」

抉られるような鋭い痛みと、一瞬にして達してしまいそうな強い快感に、目の前がちかちかする。

ジェラルドはそんなエレンの様子を見て、瞠目した。

「痛い？　まさか処女……じゃないよね。この感じ方は」

「……っ……」

先ほどよりも優しい挿入がぬぷぬぷと続けられると、エレンは唇をきゅっと結んで、答えなかった。

何故ならジェラルドの表情が変わったから。もっとひどいことをされるのではないかと不安に駆られたのだ。こんなことをされていたら狂ってしまう。身体だけでなく心まで暴かれてしまいそうで怖かった。

「すごいな。僕の指一本なんてすぐに入りそうだ。エレン、あなたはさぞ経験が豊富なんだろうね。それで僕をその気にさせるのが上手いのかな」

熟れた果実を味わうようにジェラルドの指が膣孔を掻き回す。

「ちが、……はぁ、ぅ……経験なんて……ないもの。それに……スパイなんかじゃ……あぁっ」

「嘘だよ。何か隠すとしたら……この中にあるはずだ」

ジェラルドの指はざらりと柔襞を擦りあげ、潤んだ中を旋回するような動きをする。

「ひぅっ……んっ……いたっ…やめて、嘘じゃない……」

引き攣れるような痛みを感じて、もう一本指を増やされたのだろうかと思ったが、何か異物感を感じて、エレンはぞくっとした。

「ひゃ、何？　何をいれたの、抜いて、……」

「さあ、何だろう？　あなたが仕込んだものはないみたいだけど……代わりに、こうすれば分かる？」

そう言ってジェラルドはわざと蜜路をぐちゅぐちゅと指で掻き回した。狭い入口の中でゴリゴリと何かが擦れ合う。

「……っあぁ……動かしちゃ、いやっ」

ジェラルドはエレンの耳朶に濡れた舌を這わせながら、中に突き入れた指を意地悪に擦りつける。

「罰を受けてる身分で嘘をついたりするからだ」

「……あ、……ぁっ……っ……擦っちゃ……いやっ」

「それなら掻き回してあげようか」

ぬるぬると指の腹で柔襞を撫でられ、エレンの内腿がビクビクと震える。

「……はぁ、……ん、やっ……」

嫌だといいながらエレンの口からは甘い喘ぎが漏れていってしまう。

ジェラルドは挑発的な視線を落として、中に入れた指を緩慢に動かしながら、艶然とした笑みを浮かべた。

「レッスンが終わったらとってあげるよ。だってあなたのその色っぽい表情を見ながら踊れるなんて、最高じゃないか」

エレンはそれを聞いて青ざめる。

「そんな、……今すぐとって……おねがい……」

まだ誰にも許していない未開拓の場所に得体の知れないものが入っていると考えるだけでも不安なのに、ジェラルドの指で馴染まされた場所がじんじんと甘い愉悦を与えてくるので落ち着かない。

「心配しないでも、あなたがそんなに濡れていたら、レッスンが終わる頃にはきっと溶けてなくなってしまうよ」

ジェラルドはエレンの中からぬっと指を抜いて、艶やかに濡れた指をペロリと舐めてみせた。

花の蜜の香りが立ち込める。それ以上に、匂い立つような色香を纏った彼に、エレンはゾクっとした。

「あぁ、甘酸っぱくて美味しいな。君が垂らした蜜なのかキャンディなのか……どっちだろう？」

ジェラルドが意地悪な笑みを浮かべる。まさかそんなものを入れたというのだろうか。

「は、ぁ………んっ……や、……っ」

少し動いただけで中のキャンディが擦れてジンジンする。一つだけではない二つ三つぐらいは入っているのかもしれない。

「どうしてもとりたいなら、自分の指でとってごらんよ」

さあ、と意地悪な視線に促され、エレンは顔をふいっと背けた。

「そんなこと……できないわ」

「じゃあ、ずっとそうしているといいよ」

「そんなっ……っ」

「ここを出たらくれぐれもそんな顔をして、他の男に色目を使ったりしないようにね。あなたは僕のものなんだから」

低く囁く声は、冷たい脅しなのではなく、媚薬のように甘く危険な予感をさせて……、やさしく重なったジェラルドの唇からは、危険な蜜の味がした。

「ジェラルド……お願いよ」

「そんな可愛い声で催促しても無駄だよ。さあ、広間《サルーン》に行こうか」

エレンの肩にショールをかけてやり、不敵な笑みを浮かべるジェラルドの顔が、彼女の視界にゆらゆらと揺らいでいた。

◇◇◇　◇◇◇　◇◇◇

広間《サルーン》でのレッスンは少しも集中できなかった。

教える立場であるはずのエレンなのに、ジェラルドにリードされて立っているのもやっとだった。

見かねたジェラルドが宮廷楽団に演奏をやめさせ、遣いから戻ったギルバートに、寝室《ベッド・ルーム》に連れて休ませると告げたのだった。

身体中が熱く火照って、乳房の尖端も、秘めた処も、敏感に張りつめてしまっている。

あわよくばジェラルドの逞しく隆起した喉仏の下に噛みつきたくなる。

妙な衝動が突きあがってきて、息が詰まる。

「……はぁ、……はぁ……っ」

「どうしたの？　そんな息を切らしたりして。ベッドで少し休む？」

ジェラルドが覗き込んでくる。エレンはこくこくと頷くので精一杯だった。

「じゃあ、こっちにおいでよ」

ジェラルドが背を向ける。その広い背中や引き締まった腰に縋りついてしまいたくなる。

一体どうしたというのだろう。いくら好き勝手に触れられたからといって、こんな気分になるのは初めてだ。

あまりにも秘めた想いを抑えつけすぎて、おかしくなってしまったのだろうか。

キスをしていっぱい舐めてほしい。レッスンの前にしてくれたみたいに、硬く隆起した赤い先端を吸ってほしい。長くて綺麗な指で中を掻き回してほしい。そんな淫らな考えばかりが浮かんでくる。

何度自分の指をドレスの下穿きの中へ忍ばせたくなってしまったことか。

レッスンの後は二人きりでお茶をするのが日課だったが、エレンはついに堪えきれなくなり、はしたないと知りながらもジェラルドの広い背に抱きついてしまった。

「……お願い、ジェラルド、とってほしいの」

浅く甘い息が、ジェラルドの背に吸い込まれていく。彼は立ち止まり、視線だけをこちらに流し込む。

「……はやく、おねがい……」

下肢が疼いてたまらなかった。恥を承知でエレンはジェラルドに哀願した。

するとジェラルドはエレンの腕をほどいて彼女の両肩を抱きしめ、顔を覗き込んだ。

「何？　僕にどうしてほしいの」

「……私の……中に……」

「あれからも欲情していたっていうのかい？　あなたって人は呆れるな」

ジェラルドの碧い瞳は、潤みきったエレンを眺めたあと、彼女のドレスをたくしあげ、太腿に滴る透明の液体へ視線をやった。

「エレン、あなたは今どうなっているか分かってる？」

「知らな……っ……わからない、の……もう、おかしくなりそうよ」

エレンは泣き出しそうだった。

「しょうがない人だ。全部溶けたのかな？　べたべたになってる。お風呂に入らないとダメだね」

甘い息を吐きながら縋りつくエレンを抱きしめて、ジェラルドは天蓋付ベッドの上で彼女のドレスを脱がせていく。

「その前に、あなたが望んでることをしてあげるよ」

下穿き《ドロワーズ》を引き抜き、エレンの脚を左右に開いたジェラルドは、太腿を抱え上げるような格好にさせたあと、ぷくりと膨れ上がった媚肉に口づけ、蜜口を舌で抉じ開けていく。

どろり、とした甘酸っぱい蜜が滴り、ジェラルドの舌がそこを弾くと、顎の下まで濡らしてしまった。

「ふ……ぅ……ぁ……んっ」

「……ん、……あぁ、やっぱり……もう、とっくに溶けているよ。ほかに何をして欲しかったのかな？　お姫様は」

焦らすようにじっとりとした濡れた割れ目を嬲り、ジェラルドは興奮して膨らんだ花芯の周りを吸い上げる。

「あ、……っ……私は、お姫様じゃ……、ない……っん」

敏感な場所に敢えて触れようとしないジェラルドの舌を受け止めようと、エレンの腰は無意識に揺れてしまう。

もっともっと激しく吸われたい。舌で掻き回されてしまいたい。

はぁはぁと肩で息を切らすように甘い息遣いが漏れ、エレンの細い指先は、ジェラルドの絹糸のように柔らかな金髪を撫でてしまう。

「ねえ、覚えていない？　それともあなたは……僕が訊くまでずっと黙ってるつもりかな」

何のことを言っているのだろう。あまりの快感に頭が朦朧としてくる。

ジェラルドの唇が濡れていて、それを見ただけでエレンはひどく昂揚した。

もっと強い快感が欲しくて、ジェラルドの唇に秘処を押しつけてしまいそうになるのをなんとか堪えていたが、その理性は今にも弾けてしまいそうになっていた。

ジェラルドは味わっていた蜜口から舌をつっと引き離した。とろみがかった銀糸が伸びていく。エレンの下腹部は引き攣れたようにビクビクと波打っていた。

「あ、……はぁ、……っ……ぁっ」

「驚いたな。キャンディの媚薬だけで、こんなになるなんて。ほんのわずかな量しか含ませていないのに」

ジェラルドはあとからあとから溢れ出すエレンの恥ずかしい場所をじっくりと眺め、感心したような声を出した。

「どうしてこんなになるのかな？　本当に媚薬のせい？　あなたがいやらしいだけ？」

エレンはダンスの前に膣の中に挿入されたキャンディの存在を蕩けそうな頭の中で思い出し、ジェラルドを責める。

「ひど……いっ……そんなこと、する……、なんて……」

「僕はただ意固地になっているあなたの本音を、聞き出したかっただけさ。本当にこうされるのがいやだったら、僕じゃない誰かだっていいはずだろう」

ジェラルドはそう言って、長い指を蜜口にずぶりと挿入する。そうしてわざと緩慢な動きでジュプジュプと掻き回した。

「ひっ……ぁっ……ん、……ジェラルド、だから……いや……なのっ」

「君の方こそ、随分とひどいことを言うんだね。じゃあ誰ならいいっていうんだい？」

汗ばんだエレンの色白の首筋にジェラルドの唇が吸いつき、貪るように胸が揉まれる。

興奮して硬くなった中心を指の腹でこりこりと擦られると、媚肉を割って挿入をし続けるジェラルドの指をきゅっきゅっと何度も締めつけてしまう。

固くなった花びらの中心が剝き出しになり、乳首と同じように扱いてほしいと主張していた。そこをジェラルドの指の腹で押し潰すように捏ねられると、仰け反りそうな快感に涙が溢れてくる。

「ここを触ってほしいの？　誰にでもこうされれば感じるの？」

意地悪で淫らな愛撫にエレンの身体はひどく昂揚し、狂おしいほどの愉悦がこみ上げてきて、たまらなかった。

「あ、ん、……はぁっ……、はぁ……っ」

止め処なく溢れた蜜が太腿を伝い落ち、ジェラルドの指を欲しがって腰が揺れてしまう。

狭い入口を嬲られ、ひくひくと花芯が震える。

ジェラルドは甘い蜜を滴らせるそこへ少しも口づけようとはしないで指淫で登りつめさせようと中を探りはじめた。

ジェラルドの長い指が第二関節まで飲み込まれると、膣壁をなぞりあげ、グチュグチュと二本の指で挿入を深めてくる。

「……っ、……あっ……はぁ、……っ……ん、っ……」

エレンの柔らかな内腿はビクビクと震え、やがて訪れる限界を知らしめていた。

続けられる抽挿の度に熱い体液が滴り、ビュクっと噴き上がる。

まさか粗相をしてしまったんだろうか。エレンは恥ずかしくて死んでしまいそうだった。

それなのに身体はまだして欲しくて疼いている。

「あぁ……なんて、いやらしいんだ。底なしの泉みたいに、溢れて止まらないなんて」

ジェラルドの柔らかい唇に覆われた媚肉がひくんと痙攣を起こした。濡れた舌先がさっきから震えている花芯をくにくにと舐りながら、赤く膨れ上がった蕾を幾度も押し広げていく。

「いいよ。媚薬のせいにして、いくらでも感じればいい」

痛みなど今のエレンは感じていなかった。とにかくこの疼きから早く解放して欲しかった。彼の言う通りに、きっとこれは媚薬のせいと思ってしまえば、大胆になっても赦されるような気がした。

「ん、……はぁ……、はぁ、……もっと、……もっと、が、いいのっ……」

「そんなに気持ちいいの？　でもダメだ。このまま、あなただけをいかせないよ」

ジェラルドはズボンをずらし、トラウザーズから膨張した肉茎を引き摺り出した。

上下に揺らしたエレンのいやらしい乳房をジェラルドは片手で揉みしだきながら、猛々しい肉棒の切っ先を、今まで愛撫していた蜜口へ擦りつける。

「ひっ……ぅっ……あ、……ぁっ」

「ねえ、中に挿れてほしい？」

当然エレンなら嫌だと言うはずだとジェラルドは目論んだのだろう。わざと先端で花芯をぐりぐりと捏ねまわした。

ドクドクと脈を浮き立たせている雄茎は、卑猥な造形をしているが、ジェラルドが自分を求めてそうなっているのかと思うだけで、全身の血液が沸騰しそうになる。

「ん、ほしい、……して、……いいのっ」

「本気で言っているの？」

エレンらしくない様子を見たジェラルドは忌々しげに彼女を見下ろした。

美しい顔に似つかわしくない凶暴な肉棒が脈々とそりたっている。その先端をじゅぶりと押し込み、ちゃぷちゃぷと弄ぶ。

「あっ……ぁ……止まらない……の、……おねがい……もっと、深く……っ」

「信じられないな。あなたは誰にでもこうして身体を許すのか？」

「……ちが、……ん、……はぁ、……っ」

エレンは自分から腰を揺らして、ジェラルドに甘えた声でしがみつく。首に回した手はか細く、ジェラルドの耳の傍で吐かれる息遣いは、とても愛らしく、ジェラルドをよりいっそう興奮させていた。

エレンもまたジェラルドの首筋から香るいつもの麝香の匂いを吸い込み、ときめく想いを抑えきれなくなりそうになっていた。

「ん、んっ……ジェラルド……」

じゅぷじゅぷと擦り合いながら、蕩けそうな瞳を交わらせ、赤い舌先を伸ばし、ジェラルドの唇を求める。白桃のような瑞々しい頬は赤く上気し、貪るように彼の唇や舌を舐める。

戸惑っていたのはエレンではなくジェラルドの方だった。

「は、……っ、……媚薬のせいにして、本当は欲しくなかったと言うつもりなんだろう。あなたはどこまで罪なんだ」

ジェラルドはエレンの膝を立たせ、内腿がぴったりとくっつくように閉じさせた。そうするとジェラルドの肉棒をちょうどよく挟んで、ぐっしょりと濡れそぼった蜜液が潤滑油になり、抽送をスムーズにさせる。

「挿れてなんてやらないよ。あなたにはこれで十分だ」

腰を押しつけるような格好で、ジェラルドはエレンの花芯をこすりあげ、赤黒くいきり立った熱棒を白い腿で扱きはじめた。

「ん、……はぁ、っ……ん、……あぁ、……」

丸く膨れ上がった亀頭からはうっすらと先走った精液が滴り、エレンの腹部を艶々と濡らす。

エレンの揺らいだ視界にそれが映ると、ジェラルドに求められていることを実感して、より悦びで震え、奥がきゅっと痺れる。

小刻みに震える先端をジェラルドの雁の窪みがずりずりと擦りあげると、エレンは激しく仰け反った。

「い、……っ……あぁっ……あ、……っ」

ジェラルドの大きな手に押さえつけられて自由の利かないエレンの太腿がぶるっと震える。つま先が突っ張り、胸の先端がきゅっと硬く縮まった。

「……っ……あぁ、これで擦っただけであなたは……達したのか？」

「はぁ、……あっ……ぁっ……」

エレンの白い腹部がびくんびくんと波打ち、乳首の上ではきゅっと硬く蕾をつけていた。

ジェラルドはエレンの膣口に指を挿入し、あたたかく蠢く中を確かめた。

「はぁ……っく、これだけでも気持ちがいいのに、あなたの中なら、どれだけ……なんだろうな。挿れたくて……たまらないよ」

ジェラルドの腰の動きが叩きつけるように激しくなる。甘やかな美貌をもつ彼が荒々しく堪えるような声を出す様は、たまらなく色香に満ちていて、登りつめたばかりのエレンをまた興奮させてしまう。

「ジェラルド、……いれ、て……中に……、ほしい、の……」

止まらない愉悦が、エレンを大胆にさせる。羞恥心など、とっくに忘れていた。

「中にだって？　信じられないな。さっきはあれだけ嫌がっていたのに、破瓜してもいいというのかい？」

「……い、いいっ……もうっ……ん、……はぁっ」

とにかく熱を収めてほしい。何かに憑りつかれたかのようにエレンは細い腰を揺らした。

「ああ、どれだけあなたは僕をその気にさせたら気が済むんだい？」

ジェラルドはそう言いながら腰を沈めてずりずりと雁首を媚肉の割れ目に擦りつける。

「あぁ、……っ……はぁ、……」

感じすぎて泣き出してしまったエレンの蜜口から、ぽたりと滴り落ちてくる。

「僕も……あなたの中に入りたいよ。だけど残念だね……今の正気じゃないあなたに挿れても面白くない」

今達して敏感になった花芯が擦られると、頭が蕩けきってしまいそうになる。白くふやけた視界の中には、切なそうに見つめる碧い瞳が映った。

一つになりたい。

もっと激しく揺さぶってほしい。

だけどジェラルドの太い竿はいつになってもエレンの中を満たすことなく、内腿を擦りあげる。花芯を指で捏ね回しながらエレンの側面を押さえつけ、ジェラルドの腰の動きが激しくなっていく。膨れ上がった彼の屹立はよりいっそう硬く張りつめていった。

「エレン……」

荒々しく揺さぶられながら、甘い声で囁かれる。それが何よりの媚薬だった。

「離しちゃ……いや……、なの……」

「……離れていこうとしてるのは、あなたの方だろう？　僕はこんなに……欲しがってるのに」

膝が胸にくっつくぐらい押され、胸の谷間には汗が滴り、下肢にはジェラルドの先端から先走った体液がぽたりと滴る。

「ん、ぅっ……」

唇を塞がれて、より密着する格好でキスをする。ジェラルドの舌が口蓋や歯列をなぞり、激しく吸い上げる。

エレンは両手を伸ばして彼の頬を包み、舌が深く絡まるように受け入れる。

ルイス……。

ジェラルド……。

エレンの頭の中に、あの晩の日から今日までのことが、ちかちかと浮かびあがってくる。

吐精を促すジェラルドの動きに合わせ、エレンの媚肉と花芯が同時に擦りあげられていく。

じわじわと背面から突きあがってくる愉悦が、エレンをまた絶頂へと押し上げた。

「ん、……あ、ぁっ……いっちゃ、……あぁぁっ！」

張りつめた亀頭の先から熱い飛沫が噴き上がり、白濁した体液がエレンの腹部にどっと放たれる。体温よりもあたたかい体液が下肢を伝い、青い果実の匂いがむんと広がっていく。

「はぁ……、あ、……っ……はぁ、……」

エレンの胸が荒々しく上下に揺れる。

飛び散った残滓が胸や太腿に流れていく。エレンの子宮口は呑み込めなかった精を恋しがるようにきゅっと収斂する。

ジェラルドはエレンの愛らしい唇を塞いで、汗ばんだ髪を指先でそっと梳いた。

「エレン、あなたって人は……」

狂おしげにジェラルドはエレンの唇を啄む。

「……ん、……ジェラルド……ルイス、……」

愛らしい唇が、譫言のように名前を呼ぶ。

甘酸っぱい蜜の香りと、青々しい匂いが混じり合い、互いの汗ばんだ身体が密着して、どくどくと早鐘を打っている。

「本当に罪な人だ……次はこれだけじゃ済まさないよ」

そう囁いたジェラルドの声はエレンの耳に届くことなく、彼女の意識はすうっと途絶えていった。

◇◇◇　◇◇◇　◇◇◇

陽の光が瞼の裏を染めていく。うっすらと目を開けたエレンは、隣に上半身裸のまま寝ているジェラルドを見つけて、悲鳴をあげそうになった。

麗容な寝姿だった。逞しい筋骨、隆起した胸、割れた腹筋、そして……。

均整のとれた美しい肉体を直視することができず、エレンはぱっと視線を自分の身体の方に移す。

（一体、どういうこと……）

エレンはナイトガウンを羽織らされ、レースとリボンのついた絹のネグリジェに着せ替えられていた。

（いつの間に……!?）

混乱の中、ズキンと痛む頭を押さえると、むんとした色香のある匂いが、エレンの身体をそっと抱きしめた。

「おはよう、エレン」

甘い美声にドキッとする。

ジェラルドの起き抜けの掠れた声は、いつもの低い声よりもさらに艶っぽかった。

ベッドで一夜を明かしてしまったことが解り、エレンはますます混乱してしまう。

「どうして……ここは」

「僕の私室だよ。覚えていないの？　あんなに愛し合ったのに。離しちゃいやだと散々しがみつかれて大変だったよ」

エレンの顔からすうっと血の気が引いた。

「嘘」

「嘘じゃないさ。欲しがっていたのは、あなたの方だよ」

下腹部がじんと痺れてはいるものの痛みのようなものがない。たしなみ程度の知識はあったけれど、一晩を過ごしたあとは痛みに苦しむとあったのに。

混乱のさなか、エレンは昨晩あったことを一つずつ断片的に思い出していた。

「媚薬のキャンディ、だって言ってたわ」

そう、それでダンスのレッスンもまともに教えることができなくて必死に我慢していたら、だんだん身体が熱くなっていって……。

いつの間にかジェラルドに抱かれて激しく求められ、朦朧としていると、そのままではいられない、と侍女たちが用意してくれていたお風呂に、一緒に入らせられた。

そこでもジェラルドはエレンを巧みな手淫で登りつめさせたのだ。

エレンが必死に訴えかけると、何が面白いのかジェラルドはくっと喉を鳴らすように豪胆に笑う。

「ああ、そんなこと本気にしたんだ。そう言っておけば、あなたが気兼ねなく乱れてくれると思ったんだよ」

「し、信じられない……あ、あなた王子様なのに、どうかしてるんだわ」

エレンがわなわなと肩を震わせると、ジェラルドは飄々と言った。

「それは僕の台詞じゃないか？　あなたが僕の前であんなに淫らに乱れるなんて思わなかったよ」

ジェラルドの熱い視線がエレンの乳房から下肢をつーっとなぞる。

「み、見ないで」

恥ずかしくて真っ赤になるエレンの頬に、ジェラルドはやさしく口づけを落とす。

「見せつけられたのは僕の方さ。誘われたのもね。でも、嫌いじゃない。とても愛らしかったよ」

エレンはジェラルドの言葉の端々に込められた意味を、脳内に並べたてた。

『あなたは僕のものなんだから』

このまま愛妾にでもするつもりでいるのだろうか。

ジェラルドの考えていることが分からない……。

「わ、私、帰らせていただきます！」

ベッドから起き上がろうとするエレンの腰にジェラルドの筋肉のついた逞しい腕がまわってくる。

「や、離して……」

「行かせないよ。どうせあなたは毎日ここに呼ばれているんだから、このままいればいい」

ぐっと抱き寄せられて、ジェラルドの腕の下で彼の瞳を見つめ返した。

艶やかな金髪《ブロンド》から覗く端整な顔立ちに見惚れ、甘い誘惑に満ちた瞳から目が離せなくなる。

キスをしようとするジェラルドの頬を両手で受け止めて、エレンは拒んだ。

「そんなわけにはいかないわ。お父様が心配するもの」

「それならギルバートに頼んでちゃんと連絡を入れてあるから大丈夫だ」

エレンの手に拒まれたジェラルドの唇は、彼女の手を引き離し、小さな手のひらに懇願するように口づけられていく。伏せられた瞼にびっしりと並んだ長い金の睫毛に見惚れながら、エレンはムッと口を引き結んだ。

「……最初から私をこうする、つもりだったのね」

「ああ、そうさ。あなたを王宮に閉じ込めて、ここから出さないようにする。そのつもりだった」

「……っ……最低よ」

エレンは立場も忘れてキッと睨んだ。

王子だからって何でも許されると思ったら大間違いだ。

「そんなこと言っていいのかな？　偽証罪で牢獄に閉じ込められてたかもしれないのに……それを考えたら幸せなことじゃないか？」

偽証罪と突きつけられ、エレンの顔からさっと血が引く。

「……な、何のことを仰ってるのか……分からないわ」

「今さらとぼけても無駄だよ。エレン、教えてほしい。あなたが譫言で呼んでいたルイスって誰のことかな？」

エレンはハッとしてジェラルドを見た。

何度も登りつめた一夜の甘い記憶がふらりと残像をちらつかせる。

「あなたが僕に見立てている恋人？」

ジェラルドの聡明な瞳に当てられ、エレンはギクっと肩をひきつらせた。

「ちが、……違うわ」

言葉で否定しても、身体は勝手に熱くなっていく。

宝石のように煌めくジェラルドの瞳の中には、あの日恋に落ちてしまった自分の姿が映っているような気がして、エレンは彼を見つめていられなくなり、俯く。

「エレン、怒らないから正直に言ってほしい」

エレンはさきほどまでと様子の異なるジェラルドの気配を察して、顔をあげた。

「たしか僕は君に一年前も会ったことがある。そんな気がしていた」

エレンはドキリとした。

さらりと琥珀色の髪から覗く碧い瞳が、試すようにエレンを見つめる。

「……エレンという名前ではなかった」

心臓が不穏な音を立てる。

「記憶障害だなんて嘘だよ」

「嘘……？」

「あぁ。あなたを引き留める為の嘘さ。お互い様だろう？」

エレンは何も言い返す言葉がなかった。

「おかげで大事なことが分かったよ」

ジェラルドはそれからはっきりと断言した。

「シンシア・ポートランド……あの晩に、僕が恋したのは、『偽者』のあなただったんだね」

胸を貫かれてしまったのではないかと、思った。

◆第五章　秘められた愛の告白

もうこの王宮に訪ねてくることはない。

今度こそ彼のことは忘れなくてはならない。

エレンは必死に頭の中で自分を説得していた。


控え室として与えられていたプリム棟の『花の間』に行くまでの回廊の道が、いつも以上にとても長く感じられた。

ジェラルドは今、具合の悪い国王に代わって政務に出ている。今日のダンスレッスンは中止にならざるを得なかった。エレンはプレスコット家まで送ってもらうまで『花の間』で待機するようになっている。

シンシア・ポートランドがエレン・プレスコットであることを最初の段階で知られてい

たなら、自分の口からはっきりと告げておくべきだった。

あのあと、罪に問うことはしない――とジェラルドは言った。そしてエレンを王宮に閉じ込める等と脅すように言ったことを撤回した。

彼もまた王子であることを隠して舞踏会に参加していたのだから……と詫びたのだ。

あれほど執着していたジェラルドからあっさり解放されてしまったエレンは気が抜けてしまった。

つまりはもう用済みということなのかもしれない。

結局は享楽の為の一夜ということだったのだろうか。または彼は嘘をついていたことに腹を立てて辱めるようなことをしたかったのだろうか。真偽を確かめたくてダンスのレッスンなどと言い出したのだろうか。

とにかく正体は明かされたのだ。

エレンはようやく肩の荷が降りた気がした。

ただ、大きく胸に突き刺さった痛みは、じくじくと疼いていつまでも治まらなかった。

彼から与えられた甘い毒のせいでずっと身体は疼いたまま――。

「エレン様、ウィルフレッド王子殿下がご帰国されたので、お茶会をするそうです。エレン様もぜひご一緒にとのことです」

「………………」

エレンが反応しないのでローナが心配そうに顔を覗き込んでくる。

「どうされましたか」

「ううん、なんでもないの」

ローナから声をかけられてエレンは潑剌と答えてみせた。しかしローナには伝わってしまっていたようだった。

「私でよければ仰ってください。誰かに話すことで少しは楽になるかもしれません」

「今言うことは……秘密にしていてくれる？」

「ええ、もちろんですとも。他言は絶対にいたしませんから」

エレンはそれから訥々と胸の内を語った。

『ルイス』と出逢い、恋に落ちて、今、ジェラルドに新たに感じてる気持ちを……。

「私、ジェラルド王子殿下のことを本気で好きになってしまったみたい……。ううん、最初からよ。出逢った時から好きだったのよ。ずっと想っていた。何度も……会いたいと思ったわ。正直に好きだと言ってしまいたかった。だけど言えなかった。言えるはずなかった。だってそうでしょう？　エメラルディア王国の王子だって知ったら……結ばれるはずがないのだから」

「エレン様……」

ローナが困ったように眉尻を下げているのを見て、エレンは目に浮かんでくる涙を拭い去った。

「ごめんなさい、ローナにこんなことを言ったりして。いつも優しくしてくれてありがとう」

「私めの為に、そのようなお言葉を……どうかお控えください。それから差し出がましいようですが、ジェラルド王子殿下はエレン様のことをぞんざいに扱っているわけではありません」

「いいの。慰めてくれなくたって。私は……幸せだったのだと思うことにするわ。ちゃんと自分がしなくちゃいけないことをして出ていくわ」

紅茶をおもちします、とローナが気遣ってくれて出ていったあと、何故かすぐに彼女は引き返してきた。

「エレン様、休憩されているところ急な用件で申し訳ありません。お客様がお見えです」

「私に？」

一体誰だろう。エレンは首を傾げる。

「せっかくなのでご一緒にお茶でも。どうぞ、お部屋にご案内いたします」

どうやら国王に謁見を願い出ていたサファイアル王国のサイラス王子が、国王への挨拶を終えたあと、エレンに会いたいと申し出ていたようだった。

応接間《ドローイング・ルーム》に案内されると、背の高い銀髪《プラチナブロンド》の男性がヴェルベットのマントを羽織り、正装に身を包んで待っていた。

――サイラス・アークライト。

精悍な顔立ちをさらに勇敢に魅せる、切れ長の紫水晶《アメジスト》色の瞳がひどく魅惑的に映り、エレンは懐かしさと同時に警戒心を抱いた。

「やあ。レディ・エレン・プレスコット」

わざと尾を引くような呼び方をされ、エレンは緊張に身を包んだ。

まさかここで再会するとは考えてもみなかった。

「国王に挨拶を終えたあと、宮殿の中で君の姿を見かけてね、話をしたいと申し出たんだ。少し二人きりでいいかな」

ちらりとサイラスがローナを一瞥すると、ローナは二人分の紅茶を淹れたあと、お辞儀をして立ち去った。

サイラスから何を言われるのだろうと手に汗を握った。

「まさか偽名を使って王子とダンスを踊っていた君に、またここでこうして会えるとはね」

「………っ」

一体どういうつもりで話をしたいなどとやってきたのだろう。

初めて会った夜会の時からエレンはサイラスの高圧的な雰囲気が苦手だった。

「ようやく王子も諦めて結婚する気になったみたいだな。我がサファイアル王国にも伝達がきていた」

エレンはそれを聞いて胸騒ぎを覚えた。

まだ、直接ジェラルドの口から結婚相手が決まったことは聞いていない。

顔を真っ青にするエレンに追い打ちをかけるようにサイラスは言った。

「おや？　君は何も聞いていないのか。今頃、国中がセレモニーパレードの準備に追われてるだろう。お相手は君がよく知っている方だよ」

ドクン、ドクン、と頭の中で強く鼓動を打つ音が響いていた。

「私が知っている……方？」

挑発に乗ってはいけないと頭の中で警笛が鳴るが、うっかり聞き返してしまった。

「あぁ、そうさ。バーナード侯爵のご令嬢、リリア・マグノイアだ」

それを聞いた瞬間――。

エレンは氷が張られた湖に足を引きずりこまれたような気持ちだった。

「ショックかい？　こんなことなら私があの晩、君を攫ってしまえばよかったな」

茫然としていたエレンの腕が急にぐいっと引っ張られ、よろめいた拍子に力強いサイラスの腕に抱かれてしまう。

「やっ……」

ゾワリと身の毛がよだつ。

耳に触れるサイラスの吐息を振り払うようにエレンは髪を振り乱した。

「今からでも遅くない。私の花嫁にならないか」

「何を仰ってるんですか。私はそのような立場ではないんです」

「知ってるさ。だが元敵国の第一王子がご執心になっておられる女性を私が奪った……とすれば、ちょっとした武勇伝になるだろう。それからいいことを教えてやろう。我が国ならば、いくらでも身分など変えられる」

元敵国という言葉を聞いてゾッとした。

この国ではもうずっと戦争など起きていない。まして友好を築いてきたはずのサファイアル王国の第一王子からそのような言葉が出てくるなど、考えがたいことだった。

野心に溢れた蛇のような瞳を見ていられず、視線を逸らす。

「いやっ離して。お金で買いとるとでも仰りたいの？　私はここでダンスのレッスンを頼まれているだけなんです。あなたのところにはいかないわ」

柳眉《りゅうび》を逆立て睨みあげるエレンに対し、サイラスは薄笑いを浮かべる。

「いいな。意思の強い表情、無垢な瞳……。言ったろう？　私は気の強い女性が好みなんだよ。それに……君の身体からはいい香りがする。男をその気にさせる蠱惑的な魅力がある。身分など目もくれず王子が夢中になるのも無理はない」

胸まで垂れたエレンの濃褐色《ブラウン》の髪を掬い上げ、鼻先を擦りつけてくるサイラスに彼女はぞっとする。

唇を近づけられ、エレンがかぶりを振ると、サイラスは彼女の顎を力強く引き寄せ、無理矢理口づけた。

「やっ」

エレンの脳裏にジェラルドと過ごした日々が蘇る。

押しつけられて抉じ開けられそうになった唇を必死に閉じた
他の誰かに触れられるのは嫌だった。どうしてジェラルドを感じて、求めてしまうのか、エレンはもうずっと前から分かっていた。今さらこんなにも惹かれている気持ちをどうすることができなくても、それでも他の人には触れて欲しくなかった。

「いいか？　いくら君があいつのことを想おうと、せいぜい愛妾にしかなれない。あいつの子を孕めば満足するか？　君が可愛がっていた『妹』の幸せな結婚を邪魔したいのか？」

「私は……、そんなこと、思ってないわ。離して！」

サイラスはどこまで情報を仕入れているのだろう。

リリアとジェラルドの顔が交互に浮かび、エレンの翠玉石色《エメラルド》の瞳にはたちまち涙が溢れ、ぽろぽろと滴が頬を伝っていく。

突然部屋のドアが開かれ、ローナが慌てたような顔をして茫然と立っている。彼女の後ろにはジェラルドとリリアの姿が見えた。その奥に端整な顔をした美少年が立っている。

ジェラルドを幼くした感じに見えるので、彼がウィルフレッド王子かもしれない。

けれど、今のエレンはそれどころじゃなかった。

「サイラス、おまえは……何をしている」

ジェラルドは怒りを露わにし、サーベルを引き抜き、鋭い刃をサイラスに差し向けた。

「きゃあっ」

ローナの悲鳴があがる。

サイラスはあと少しすれば喉元に突き刺さりかねないその刃をすっと退けた。

「エレンお姉様……！」

リリアはジェラルドの殺気だった様子にエレンを案じて瞠目し、口元に手をあてがった。

サイラスはエレンを抱いた腕を緩め、何事もなかったかのように投降の所作をし、彼女を解放した。

ふらり、と眩暈がしてよろめくと、ローナが傍に駆けつけ、倒れ込むエレンを抱きとめた。

「おやおや、随分とここの王子は血の気が多いようで困りましたね。レディの前で、王子がそのような物騒なものを振り回すべきではないよ」

「サイラス、一体どういうつもりだ」

ジェラルドが殺気だつのも無理はなかった。エレンのドレスは乱れて脱げかかり、目を真っ赤にし、夥しい涙の痕があるのだから。

ジェラルドはサイラスににじり寄り、事の顚末を追及した。

「別に、私はちょっとした世間話をしていただけですよ」

「話をしていただけだと？　それなら何故このような有様で、彼女は泣いているんだ。彼女を傷つける者は、誰ひとりとして僕が許さない」

いつになく激昂しているジェラルドの身を案じて、エレンは慌てて声をあげた。

「殿下、待ってください。私は……大丈夫ですから。どうか剣をお納めください」

「エレン、あなたは黙っていてくれ。僕はサイラスに聞いているんだ」

ジェラルドはエレンを一瞥し、サイラスに詰め寄る。

「ジェラルド王子殿下、私はあなたと争うつもりはありませんよ。何百年と友好を築いてきた国同士、仲良くしようじゃありませんか」

慇懃無礼な様子を見せるサイラスに、ジェラルドは凍りつくような視線を流した。

「ならば今後一切このようなことは慎んでもらいたい。私とて王宮で血を流させるようなことはしたくない」

騒ぎを聞きつけたギルバートと近衛兵が部屋までやってきたところ、ジェラルドはサーベルを腰から下げた鞘にゆっくりと納めた。

固唾を呑んで見守る使用人たち。

よもや戦争が起きてしまうのではないかと震慄させる程、二人の間は緊迫していた。

「ただ私は提案をしていただけです。結婚を断られて傷心している妹の為にもね」

ちらり、とサイラスは意味ありげにエレンに一瞥をよこした。

威厳を損なわぬよう抑えつけているだけでジェラルドの怒りは治まることはない。普段よりも低く殺気だった声が響き渡る。

「それが彼女と何の関係がある」

「ここで話すべきことではないでしょう。使用人たちがいる場でそんなことを言えば、辱められるのは彼女ですよ。知りたいのなら、あなたが直接本人に聞いてください」

サイラスの言葉を聞き、ジェラルドの視線がエレンに向けられる。エレンはびくっと肩を震わせた。

悍ましいものでも見るかのような家臣たちの視線を感じ取ったサイラスは、わざとエレンの手を引き寄せ、敬愛のキスを送った。

「騒がせてしまって申し訳なかった。私はそろそろ失礼するよ」

近衛兵を引き連れたギルバートと共にサイラスは部屋から出ていった。

緊迫から解放された部屋の中がホッと安堵に包まれる。

「エレン様、大丈夫ですか。どこもお怪我はありませんか？」

「……平気よ。ごめんなさい……私のせいで……」

「エレン様のせいではありませんよ。さあ、私に摑まってください。お立ちになられますか?」

ローナは必死な表情で、青ざめているエレンの背をあたたかな手でさすってくれていた。

ジェラルドは隣で驚いているリリアに声をかけた。

「すまない。せっかくのお茶会だが、また今度にしよう」

「もちろんですわ。私も、エレンお姉様のことが心配です」

リリアの可愛らしい声が、ぼんやりと鼓膜に届く。

「では、僕が一緒に」

ウィルフレッドがリリアをエスコートする。リリアは後ろ髪を引かれるような顔をして、エレンを見つめている。

ジェラルドが硬い表情のまま、ローナに命じた。

「ローナ、エレンを部屋でゆっくり休ませてやってほしい」

「かしこまりました。リリア様、せっかくですので、どうぞウィルフレッド様とごゆっくりお過ごしくださいませ」

「ええ……。そうさせていただくわ」

恐縮してしまっているリリアに、エレンは申し訳なくなり謝る。

「ごめんなさい。リリア。驚かせてしまったでしょう」

「私は大丈夫よ。エレンお姉様こそ、しっかりなさって」

おろおろと心配しているリリアを安心させようと、エレンはわずかばかり微笑んでみせた。

「それでは、失礼いたします」

さあ、とローナに促され、エレンは足取り重く、ゆらりと歩いていく。

先ほど奪われた唇の感触が、生々しく残っている。

エレンは心配そうに見つめるリリアの瞳をまっすぐに見ることはできなかった。

何よりもジェラルドのことを――。

◇◇◇　◇◇◇　◇◇◇

今晩は留学していた第二王子ウィルフレッドが帰国したということでエスレ棟の広間《サルーン》では盛大な晩餐会が開かれることになっているそうだった。

ジェラルドはその席でリリアを紹介しようとしているのかもしれない。

あれほど可憐で愛らしいリリアならば良き縁に恵まれるだろうと思っていた。ジェラルドと二人はとても似合いだった。

ジェラルドと結ばれないことは、彼が王子であることを知った時から分かっていた。この想いは密かに胸の奥に仕舞っておけばそれでよかった。

だが事情は大きく変わった。リリアが婚約者であるなら、想っていることさえも諦めなければならない。

サイラスの脅迫は怖かったが、彼が言っていたことはもっともだった。リリアを哀しませるようなことがあってはいけない。大切な妹のように接してきたのだから。それこそジェラルドよりも長い時間を……。

けれど……浮かんでくるのはジェラルドのことばかり。普段は意地悪でからかってばかりのジェラルドが初めて感情を露わにした。それが自分を守る為だったということに、エレンは不本意ながら胸を打たれていた。

無論、国の王子なのだから秩序を乱す訪問者を許すことができないのは当然だと言われればそれまでだが、好きになった人が彼で良かったと改めて思った瞬間でもあった。

それだけでもう十分、彼の心に一瞬でも存在していられたのなら……エレンは何度もそう言い聞かせていた。

さっきは天気もいいので外でお茶会をする為にジェラルドはリリアと一緒にエレンを呼びにきたところだったらしい。

それがあんなことになって……。

プリム棟の『花の間』に行く間、階段や回廊を行く足が重たくてたまらなかった。

部屋の中ですっかり塞ぎ込んでしまったエレンの隣では、ローナが必死に元気づけようとしていた。

「美味しいお菓子がありますよ。タフィアはいかがですか？」

糖蜜《タフィア》で作られたキャンディを載せたお皿をアピールするローナを、エレンは申し訳なく思いながら首を振る。

「ロマンティックなハーブティーはいかがですか？　ご気分が落ち着きますよ」

紺碧の海を思わせるマローブルーの鮮やかなハーブの花に、夏の太陽を思わせる鮮やかなレモンとカモマイルの葉がポットに入れられる。

互いの成分が作用し合ってティーカップの中で紅茶よりも赤く染まっていく。

ゆらゆらと甘酸っぱい香りを漂わせるそれはまるで魔法のようだった。

仕上げにミントの葉が添えられ、目の前にソーサーに乗せたティーカップをどうぞと差し出された。

あまりに断ってばかりいるのもローナが気の毒なので、エレンはようやくティーカップに口をつけて、あたたかなハーブティーをごくりと飲み込んだ。

ふわりと鼻から爽やかな甘さが突き抜けていく。

「……美味しい」

エレンが呟くと、ローナはホッとしたのか、ぱぁと笑顔を咲かせ、童話でも読み聞かせるかのように先ほどのジェラルドの様子をペラペラと喋り出した。

「殿下のご様子とても素敵でした。普段も厩舎近くでライオネス様から剣術をお習いになられているところを拝見していますが、あんな勇敢なご様子を間近で拝見するのは初めてです。大切な女性を守り、弱き者を救おうとする。その志をもって日々ご立派に政務をこなされていますし、将来、立派な国王になられること間違いありません」

頬を真っ赤に染めて、褒めたてるローラを、エレンは羨ましく思う。

「はっ……申し訳ありません。エレン様が怖い思いをしたというのに。余計なことを……」

「ううん。本当に何もなかったのよ。少し迫られただけで……」

唇に残る忌々しいサイラスの感触を、ぎゅっとカップを握りしめて気を散らした。

「まったく、サイラス王子も何を考えていらっしゃるのか。いくらエレン様がお美しいからって……。親しき仲でも、ジェラルド王子殿下がお怒りになるのは当然のことです」

さっきまで恍惚とした表情を浮かべていたローナが今度はぷんぷんと自分のことのように怒りはじめる。

赤くなったり青くなったり、まるでマローブルーのハーブティーのようだ。くるくる表情を変えて話をするローナを見ていると飽きない。

ローナがこうして傍にいてくれてよかった。そうでなければ一人で鬱屈してしまったことだろう。

エレンはぷっと噴き出すように笑ってしまった。

「やっと笑顔を見せてくださいましたね」

「だって、ローナがおかしいんですもの」

くすくすとエレンが声を立てて笑うと、ローナは恥ずかしそうにしていた。

「少し風に当たりたいの。窓を開けてもいいかしら」

エレンはバルコニーの窓を開き、燦々と照りつける午後の陽ざしと、むんとした熱気を吸い込み、ふうとため息をつく。

「さ、お菓子も召し上がってくださいませね……あ、ジェラルド王子殿下」

ローナが弾かれたような声をあげた瞬間、エレンの肩が吊り上がった。

「少しいいかな？　エレンと二人で話がしたいんだ」

「かしこまりました」

ローナが下がり、窓辺に立ち竦んでいたエレンの傍に、ジェラルドがやってくる。

エレンは慌てて出窓を閉じて、振り返るタイミングを見計らった。

恋しくてたまらない彼の香りがすると胸が張り裂けてしまいそうになる。窓にうっすらと映る彼の面立ちは哀しげだった。

「エレン、正直に言ってほしい。サイラスに何をされたんだ」

苦しげに吐き出されたジェラルドの低い声に、エレンは首を振ってみせる。

「別に、本当に何も……大丈夫です。殿下が気にされるようなことはありませんから」

エレンはまだ密かに震えている身体を悟られないよう気丈に振舞い、それでも零れてきそうな涙を必死に押し隠して、背を向けたままでいた。振り返るタイミングを失ってしまったのだ。

「何もないなら、こっちを向いてくれないか」

ジェラルドは少しも引く様子はなく、硬い声で問い質してくる。

ドキン、ドキン、と心臓が高鳴っていく。

想いを諦めようとする度、反発して膨れ上がってきてしまうのは何故だろう。これ以上彼を好きになってしまったら、呼吸さえもできなくなってしまう。

どうしたら彼を普通の目線で見られるだろう。

好きで、愛おしい人ではなく、国の王子、手の届かない人なのだという目で――。

しばらく葛藤が続いた。

すると後ろから急に抱きしめられ、エレンは飛び上がるほど驚いた。エレンの細い肩はジェラルドの大きな手に包み込まれ、彼女のつむじにはあたたかな口づけを落とされる。

「殿下……お願いです、私は、もう……」

　エレンがやんわりと牽制すると、ジェラルドはいっそう強く抱きしめた。

「あなたには、ありのままの名を呼ばれたい。あなただけには普段の僕を見ていてほしい。どうか顔を見せてくれないか」

　こめかみにゆったりと寄せられた口づけは、慈愛に満ちていて、よりいっそうエレンの胸を締めつけてならなかった。

　どうしてそんな風に求めるのだろう。彼には婚約者がいるのに。

「……っ」

　泣いてしまいそうだから顔が見られないのに、狂おしいほど好きな人が顔を見せてほしいと懇願している。

　エレンはどうしたらいいか本気で分からなかった。

　するとやや強引にジェラルドがエレンの肩をぐいっと引き寄せ、瞳に涙を滲ませたエレンの顔を覗き込んだのだった。

「僕のせいで哀しい思いをさせてしまった。そうだろう？」

　エレンは頑なに首を振って違うと意思表示をする。

「じゃあ、どうしてあなたはいつも、哀しい顔をして僕を見るんだ」

「……辛いんです。あなたの傍にいることが」

　一つ口にしたらすべて溢れてしまいそうで、エレンは喉の奥でぎゅっと堪えた。

「それはどうして？　理由もなく辛くなることなどないだろう。いつものあなたらしく、素直に言ってほしい。初めてあなたに会った時……なんて天真爛漫で愛らしい人なのだろうと思ったよ。気が強くてだけど優しくて……僕はそんなあなただから惹かれたんだ」

「どうしてそんなことを言うの？　ジェラルド王子殿下には決められた方がいるでしょう。私は……殿下に触れられる度、どうしていいか分からなくなるの。こんな気持ちのまま、これ以上傍にいたらいけないいんだわ」

「エレン……」

「いや、お願い……離して」

抱きしめようとするジェラルドの胸を押し返しながら、エレンは涙で詰まりそうになる声を弱める。

ジェラルドはそれでも離してくれなかった。

「今日はもう卑怯なことを考えたりなんかしない。僕も正直になるよ。エレン、僕はあなたのことが好きだ……」

「嘘よ」

「嘘じゃない。初めてあなたに会った時から、好きだった」

ジェラルドの表情は少しも冗談を含めてはいなかった。愛してやまない美しい碧い瞳が、やさしく熱っぽくエレンを見つめている。

エレンはリリアのことが頭に浮かび、首を振った。

「私は……好きになってもらえる立場じゃないわ」

「あなたの気持ちを知りたいんだ。立場や身分じゃなく」

「……私は、……」

「あなたが欲しい。エレン、あなたが僕のことを少しでも心の中で想ってくれているなら、僕を受け入れてほしいんだ」

「もうとっくに私のことは奪ったでしょう？」

エレンが追及するとジェラルドはまさかと首を振る。

「いくら僕でも、まるで酩酊しているようなあなたを最後まで抱くことなんてできなかったよ」

「それじゃあ、私……」

「あぁ、そうさ。あなたはまだ純潔のままだ。そのたった一度を、僕に赦してほしいって言ってるんだよ」

とっくに奪われていたと思っていたから、エレンは逆の意味でショックだった。ジェラルドとは離れてしまったら何一つ接点はないのだ。

「猶更ダメよ……私は、あなたに愛される立場じゃないわ。それにあなたの結婚相手のことだって聞いたの。王子の務めを果たさなくてはならない。あなたはそう遠くない未来、国王になるべき人なのだから」

「それでも僕は、あなたが欲しいんだ。誰にどう言われようと、あなたに拒まれようと」

「勝手よ。そんなひどいことを……言わないで。お願いよ、離して」

「エレン」

懇願するようにジェラルドの声が耳を掠める。片時も離すまいと抱きしめ、熱い口づけを降り注いだ。

「あなたがさよならと言うなら……これで最後なら、無理矢理に抱きたくはない」

すっと肩を離されて、エレンはジェラルドを見上げた。彼は真摯な眼差しを向けたまま、エレンの前からどこうとしない。

なんて残酷なほどまでに甘い誘惑なのだろう。

エレンの翠玉石色《エメラルド》の瞳からは宝石が零れ落ちていくかのようにポロポロと涙が零れた。

「……っ」

彼が一番分かっているはずだ。王子として務めを果たさなくてはならないということ。それでも欲しいと願ってくれている。自分よりも辛いのはジェラルドの方なのかもしれない。

でも……。

どのくらい逡巡していたことだろう。いつの間にかエレンの唇はジェラルドの柔らかい唇に塞がれていた。

強引で逞しい腕に抱きすくめられ、深く舌を差し込まれ、蕩けるような愛撫を与えられる。

「——……んっ」

唇を食み合いながら、ゆっくりと交わっていく吐息と口淫、その優しい快感が、エレン

の強張った身体を解いていく。

幾度も角度を変えてやさしく水音を立てるように吸い上げ、深く擦りつけるように絡め

とる。

「ん、……んぅ、……っ」

離れなければ、と身を硬くしたエレンの背を、ジェラルドは強く抱き寄せ、口腔内にも

ぐらせた舌をさらに深く絡め合わせた。

「は、……ふ、ぅ……ん……っ」

上顎をなぞり歯列を確かめるように動かすと、舌の根まで吸い上げ、深く求める。互い

の唾液で濡れた唇を舌で拭い、身体の奥を犯すかのように彼は舌を何度も挿入させた。

ピチャピチャと淫らな音が響く。もう既に性交しているかのような気分にもさせられ、

身体はどんどん昂揚していった。

「……は、……ぁ、……」

熱と熱がぶつかり合うような口づけだった。理性などあとかたもなく溶けていき、脳髄まで蕩けてしまいそうになる。

唇を離したあとも、互いの視線は絡み合ったまま、これからはじまる甘い愛の調べを予期させた。

「エレン、僕はあなたのことを、愛してる」

熱っぽい瞳が揺らぐ。ジェラルドはエレンを腕の中にぎゅっと閉じ込めた。

「お願いよ、そんなこと……言わないで」

せめて言わないでほしかった。

ただ貪るように身体を重ねるだけなら、こんなに胸が痛くなることもないのに。

ジェラルドは彼の肩口に額を預けるエレンを上向かせると、再び啄むようにキスを繰り返し、彼女の背に手を這わせる。

「どれほど、あなたをこうして愛したかったか……」

ジェラルドは胸まで覆うコルセットの紐を解き、露わになった乳房を両手で揉み上げる。

するとエレンの口からは悲鳴のような愛らしい声が漏れた。

「ひゃ、ぁ、……ん、……」

声を必死に抑えようとするエレンを見て、ジェラルドは愛おしげに彼女の唇をなぞった。

「我慢しないでいい。声を聴かせてくれ……どれほどあなたが僕を望んでいるのかを……

教えてほしいんだ」

ジェラルドは跪き、既に触れられることを期待して隆起したエレンの胸の先端に、まるで女神を崇拝するかのような慈愛のキスを送った。

ちゅっと弾けるような音が響き、エレンは恥ずかしくて立っていられなくなる。

ジェラルドはすっと立ち上がり、今にも崩れてしまいそうなエレンを抱き上げると、彼女をベッドに運んだ。

リネンの上でドレスを脱がされ、エレンの白い肌が露わにされていく。透明感のあるきめ細やかな素肌を味わうように、ジェラルドの唇が滑っていく。

時々甘い痛みを与えられ、エレンは呼吸を乱した。肌の上には彼に愛された証ともいえる赤い花が咲かせられていく。

「あぁ、……エレン、綺麗だよ。あなたにこうして触れるだけで興奮して勃ってしまう。ぜんぶ……僕の証をつけて、誰にも触らせたくない……」

それはエレンも同じだった。ジェラルドに触れられてるだけで鼓動が速くなっていってしまう。

ジェラルドはさらに激しく乳輪を吸い上げ、舌先で敏感になった乳頭を舐った。

彼の口腔に含まれると、繊細な快感の粒子が次から次へと流れ込んでくる。

「あ、……はぁ……っ……あっ」

「エレン、……僕のことが好きかい？」

「……っ……ぅん、はぁ、……」

ジェラルドの手がとても熱い。乳首を強く吸われると下腹部の奥がじんじんと痺れて、エレンの腰は自然と動いてしまう。ジェラルドの節張った大きな手が乳房を鷲摑みにし、尖端を咥えこんだまま離してくれない。

「はぁ、……ん、……あっ……」

「ん、……エレン、……喘いでばかりじゃ分からないよ。ちゃんと聞かせてくれないか」

エレンの名前を睦言のように繰り返しながら、ジェラルドはエレンの甘やかな肌を愛撫していく。

まるでキス一つする度、好きだと言われているみたいで、心までざわつく。

ふるふると震える胸の先端を舌で捏ね回され、歯を当てられると、エレンは耐えがたい快感に仰け反り、ジェラルドの頬に手を伸ばした。

「ひっ、ぅ……ん、だめ。なの……、…なっちゃ、う……から」

「なんて？　好きだと言うだけで、イってしまいそうだって？」

「はぁ、……あっ……いじわ、る……言わない、で……」

「いじわるじゃない。ただ、知りたいだけさ」

ジェラルドの唇や舌がやさしく胸の尖りを濡らす度、エレンの白い喉は反らされ、彼女の華奢な身体は波打つように震えた。

　興奮して尖った乳首が、乳輪ごとジェラルドの口腔に吸い上げられ、執拗に舌先で嬲られる。

　片方の胸は彼の手の中で形が変わるほど揉み上げられ、さらに人差し指と中指の間で擦られると、エレンは我慢できずに声をあげてしまう。

「あ……、あぁっ」

　熱い舌先に舐められると、痺れるような快感が背筋を走り抜け、頭の中が蕩け出してしまいそうになる。

　好きでたまらなくて、止められなくなってしまう。

　媚薬などはきっと存在しない。あるとするなら、愛おしい人そのものがそうさせるに違いない。

　ジェラルドは確かめるようにエレンの下腹部の膨らみを撫でてやり、うっすらと茂った毛を掻き分け、秘部がとっくに艶やかに濡れていることを指先から感じ取る。

　ジェラルドの指がひくひくと戦慄く花芯を擦り、ぷっくりと膨れ上がった媚肉をなぞると、ピチャピチャと淫猥な音が断続的に響いた。

「あ、……はぁ、……ン、っ……」

「あぁ、とても溢れてる。真っ赤に膨れ上がって、泣いているみたいだ……。僕が欲しくてしょうがないんだろう?」

長い舌がつぅっと割れ目の先を擽る。強い快感に、エレンの腰が跳ねた。

「ひっ……ぁっ……はぁっ……んっ……!」

何か熱いものが噴き出してしまいそうな感覚がした。

粗相をしてしまったら恥ずかしい。そう思ってエレンが太腿をぎゅっと閉じようとすると、ジェラルドは彼女の膝を立てさせ、脚を左右に大きく開かせた。

「ん、ぅ……見ちゃ、……だめ……」

きっとそこはみっともないほど濡れていることだろう。そればかりか赤く充血してひくひくと痙攣しているに違いない。

膝頭を押さえつけられ、ジェラルドの欲情した目がエレンの秘所を見つめていた。

「もう隠すものなんかないはずだろう。エレンのここ、僕に舐めてほしいと言いたそうにしてる」

指で捏ね回され、腰がビクビク跳ねる。

「あ……っ……あぁっ」

「恥ずかしがってぴくぴくしたりして……とても可愛いよ」

ジェラルドの唇がじゅっと音を立てて花芽に吸いつき、包皮ごと捏ね回す。やがて真珠のようにつるりと露わになった蕾をねっとりと口腔内に収めた。

「……っ……ふ、ぁっ……」

　恥ずかしいのに、隠したくても、声を抑えたくても、勝手に出てしまう。

「……ん、ほら、すごい溢れてくる。あなたのここは素直だね」

　激しいジェラルドの口淫にエレンの身体はリネンの上でビクビクと跳ね上がる。執拗に舌の上で擦られて、下肢から激しい疼きが這い上がってくる。

「……あぁっ……ぁっ」

　ジェラルドは花びらのような突起を唇で啄み、とろりと蜜を迸らせる割れ目に、熱い舌を這わせていく。

「ん、……あ、……ジェラルド、……あぁ、……い、いっちゃ……うっ」

　ちかちかと視界が白んでいく予感がして、エレンは身悶える。色づいた花のように可憐な唇からは、いやらしく唾液が零れていってしまう。身体中がジェラルドを欲してたまらなくなっていた。

「いいよ、エレン……そのまま感じて。あなたのその顔を見せてくれ」

　ジェラルドの指がじゅくりと蕾を押し広げ、ビクビクと蠢く中を掻き回しながら、ひくひくと引き攣れそうになっている先端を舌で何度も往復させた。

「……、はぁっ……あ、んっ……あっ……んんっ」

　ジェラルドの指を深く挿し込まれる度、とっぷりと蜜が流れていく。ジェラルドの熱い舌は執拗にそれを舐めとり、今にも張りつめてしまいそうな突起をしゃぶった。

「あ、ぁっ……それ、や、……だめ、……」

「ここがイイのかい？　なら、もっとしてあげよう」

ぐっと舌先に力を込められ、激しい反復を与えられる。じゅっと強く吸われ、舌全体を使って舐めしゃぶられる。その繰り返しがエレンを身悶えさせた。

「……ん、しちゃ、……だめ、なの……あぁっ」

頭の中までも激しい鼓動が鳴り響いていた。いくら抗っても次々に荒波が押し寄せてくる。嵐の夜に襲いくる激しい波が、エレンの中に熱い飛沫を吹き上がらせた。

「あ、……は、あぁぁっ……いくっ……んっ…あぁぁ——っ！」

人魚が波打ち際にあげられてしまったかのように、そこから声が出ない。酸素を求めて喘ぎ、ビクビクと白い身体を跳ねさせる。

「——……っ……はぁ、……っぁ、……っ」

まだエレンの中に挿入されていたジェラルドの指がほんの少し動いただけでも、気が狂いそうな快感で泣き叫んでしまう。

「……はぁ、……ジェラルド、……っ」

「今、挿れてあげるよ。僕を……この中に、赦してくれるね？」

覚悟を決めた瞳を向けられ、エレンはジェラルドの頬に手を伸ばし、こくりと頷いた。

ごめんなさい、リリア。裏切ってしまってごめんなさい。だけど、これが最後だから……だから赦してほしい。

罪の意識に葛藤を覚えながらも、彼が欲しくてたまらない欲求は止められそうになかった。

「エレン、余計なことは考えなくていい。あなたは僕のことだけを見て、感じてればいいんだ……」

エレンの後頭部に手を回したジェラルドは、柔らかな彼女の濃褐色《ブラウン》の髪を狂おしく撫でながら、腰を落とし、ゆっくりと肉棒を挿入していく。

けして痛くならないように傷つけないように抜き差しされる行為はやさしく、罪の痛みで千切れそうな内部をゆったりとなだめて奥へ誘《いざな》う。

狭隘な蜜道が押し広げられ、左右に拓かれていく感覚も、薄い皮膚が伸びて裂け、そこからじんわりと広がっていく痛みも、彼とひとつになれた悦びを想えばどうということはなかった。

「ん、はぁ……っ……あ、……っ」

深いところにずくりと埋め込まれ、ぞくぞくと痺れが走る。さらに余すところなく奥まで突き入れられ、ジェラルドの肉厚のものでみっしりと満たされていく。

「あぁ、……はっ……はぁっ」

エレンは苦しげに喘いで、ジェラルドにしがみつく。膝や腰や腿に当たる彼の逞しい肉体を感じながら、中で膨れ上がっていく熱を受け入れる。

「エレン、……腰が動いてる」

気がつくと、エレンは自分から腰を揺らしていた。

「……だって、もう……っ」

ジェラルドが恋しい。

もっと激しくして、すべてを奪ってもらって構わない。

なけなしの理性が時々ふらりと脳裏を掠めて自分を責める。

けれどもう止められなかった。

ずっと好きだった。彼のことを——。

エレンの内部が激しく蠢き、ジェラルドを幾度となく締めつける。快感に喘ぐその奥ではぱっくりと開いて熱棒を欲しがり、ひくひくと震えていた。

「……くっ……はぁ、……あなたの中、すごい。とても熱くて……絡みついてくる」

「……ん、はぁ……、……あっ……好きだから、……なの」

全部こうなるのはジェラルドのことを愛しているからだ。

「エレン……今、なんて」

エレンの中を突き上げるジェラルドの熱がよりいっそう硬さを増した。穿たれる楔はまるで焼け石のように熱い。

「……あ、……もう、……はぁっ……あっ」

上下に揺れる乳房をやさしく揉みながら、耳孔に舌を差し込み、熱い吐息の間に聞いてくる。

「もう一度……そのかわいい唇で、聞かせてくれないか?」

ジェラルドの熱い手がエレンの手首を押さえつける。エレンのつま先はぴんと張りつめ、ガクガクと揺れていた。

「エレン、……」

名前を呼んでくれるジェラルドの声さえも極上の愛撫になる。

「は、ぁ……っ…、あっ」

燃えるような強直が何度も激しく押し入ってくる。エレンの潤んだ蜜口からは溢れるように愛液が滴り落ち、ぐちゅぐちゅと卑猥な音を立てていた。

「ジェ…ラルド……」

エレンが名前を呼べば彼も中で大きく張りつめる。

肉襞を抉じ開けるようにジェラルドの刀身が突き進んでくると、快感に喘ぐような声が喉をついて出た。

「………っ」

「あ……、あぁっ……」

内部でジェラルドが動いているのが伝わってくると、表面からだけではなく互いの体温を深く感じ合えることの悦びに、エレンは打ち震えてしまう。

「ん、……はぁ、……はぁ、……あぁっ」

ぶるぶると全身が震えていた。ジェラルドに突かれる度、理性は融解されていく。

積み重なる抽送により、高みへと登りつめるような快感が沸き上がり、彼を包み込んでいる花筒がきゅうっと収斂する。

迫るものを堪えるようにジェラルドの声が荒々しく途切れる。

「……は、……っ……エレン、……あなたを……とても愛してる」

麗容なジェラルドの表情が、果てを迎えるのを必死に拒むかのように歪んだ。それでもエレンの中で膨れ上がった欲求を抑えることはできそうにないことを互いに察していた。

「……は、ぁっ、……っ……わたしも………あい、してる、ジェラルド」

もう、伝えずにはいられなかった。

激しく肉を打つように互いの腰を揺らしながら、夢中で指を絡めた。

「あぁ……その言葉を、ずっと……聞きたかった……」

ジンと熱を帯び、彼がまた大きく膨らむ。

子宮口に断続的に穿たれる激しさがよりいっそう強まる。

「あ……っあぁ……」

互いの粘液が混じり合って白濁したものがつーっと内腿に零れてくる。赤く膨れ上がった花芽はひくひくと戦慄いていた。

エレンは手を伸ばし、ジェラルドの筋骨の感触を確かめるように彼の広い背を抱きしめた。

濡れた唇を食まれ、淫らに舌を絡め合わせられる。

エレンはこみ上げる愛おしさから、夢中になって彼に応じていた。

太く脈動する肉棒の根元まで、咥えこんでいく。揺さぶられる腰を自らも揺り動かした。

猛々しい熱塊にぬちぬちと秘裂を拓かれ、膨れ上がった雄芯で柔襞を擦りあげられる。

「ん、……はぁ、……っ……ジェラル…ド」

飢餓感に駆られ、甘く掠れる声でエレンが呼ぶと、ジェラルドはキスをしてくれた。

「エレン、……」

「……はぁ、……っ……あぁっ」

エレンの膝が胸につくぐらい脚を押し広げられ、ずんっと深くまでジェラルドが沈む。

「あぁっ……っ」

ビリビリと下肢まで痺れた。耳に触れる彼の息遣いに心が打ち震える。

全身で感じる彼の温もりに、胸がいっぱいになる。

ジェラルドから与えられる甘美な熱に没頭するようにエレンは身を委ねていた。

積み重なる彼への想いが、天を目指して、光が降り注ぐその先へ、膨れ上がっていく。

愛してる。

愛してる……。

あなたを愛してる――。

上下に揺さぶられ、無意識に口を突いて零れ落ちてくる言葉が、二人を熱くさせる。

ガクガクと身体が震え、淫らな嬌声が零れた。

「あ、……あぁぁっ！」

「………っ！」

ぶるりとジェラルドの身体が震え、エレンの中に熱いものが注ぎ込まれていく。

「……は、ぁっ…………あっ……ぁ、っ」

美しく精悍な顔が、想いの丈を預けるように切なく歪む。内部で蠢く肉棒が大きく脈を打っていた。

しっかりと抱き合ったまま深く繋がり合い、指先からつま先までぴったりと重ね合わせた。少しの隙間さえ無くしたかった。

潤んだ碧い瞳、汗ばんだ肌、甘く香る匂い、逞しい体軀、熱い体温、荒々しく吐かれる吐息……、それらひとつひとつを数えながら微睡む。

何もかもが愛おしかった。

たとえジェラルドの子を宿してもそれでも構わない。むしろそうであって欲しいと願ってしまうほど……。

リネンの上には純潔の証がうっすらと残されていた。

それは彼への愛の誓いでもあった。

『愛してる……』

睦言のように繰り返された甘い声、激しい情熱の果てに落ちた夢――。

エレンは夢現にもジェラルドのことを想った。

いつか彼のことを忘れることはできるだろうか。


それから――。

晩餐会の準備に追われているギルバートの姿を見つけたエレンは、今晩まだ城門が開いているうちにプレスコット家に送ってほしいと告げた。

「殿下にはお伝えしましたか？」

「……いえ。でも……お願いです。他には望みませんから」

ギルバートが困ったように眉尻を下げた。

「分かりました。馬車をご用意いたしましょう」

エレンはホッと胸を撫で下ろす。

艶やかなイブニングドレスに身を包んだリリアをエスコートしているジェラルドを見てしまったエレンは、先ほどまで愛されていた余韻を必死に打ち消していた。

リリアと親しくしているジェラルドを見るのは辛かった。罪悪感ともいわれぬ切なさがこみ上げ、今にも涙が零れ落ちてしまいそうになる。とはいえ、鳥籠に閉じ込められたかのように部屋でじっとしていることも耐えがたかった。

◆第六章　花嫁は淫らに溺愛される

『愛してる……』

睦言のように繰り返されたジェラルドの甘い声を、エレンは今も忘れることができないでいた。

今日は国王の生誕パーティが行われ、その後開かれる舞踏会で、ジェラルド王子の婚約者が発表される運びになっている。

エレンは王宮から出る時にギルバートから手紙を渡されていた。

プレスコット家に帰ってからエレンは封蠟《ふうろう》で閉じられた手紙をおそるおそる開いた。その中には、舞踏会への招待状が入っていた。

文面には必ず出席するようにというメッセージが書き添えられていた。それはジェラルドの直筆だった。

その文字をなぞるだけで恋しさが募り、胸が焼けただれそうになる。

当日は王家の紋章をつけた箱馬車が迎えにきて、馬車の乗り口まで深紅色のヴェルベットの巻絨緞を敷かれて、いつもよりも丁重なおもてなしを受けた。今日が素晴らしい日であることを強調されているようで、エレンは苦しくてたまらなかった。

プリム棟の『花の間』に案内されたエレンは、ローナにお召し替えをしてもらうこととなった。

この日は今までで一番素晴らしいドレスだった。

エレンの瞳の色よりも深いグリーンの豪奢なドレスは、参加者の中でも一際目立っていた。

デコルテを大きく開いた胸の中心にはドレスと同じ色の翠玉石《エメラルド》の宝石が輝き、可憐なバストはぐっと豊かに引き上げられ、胸には薔薇のコサージュがつけられている。

上質な絹とサテン地が段々になったスカートには、金剛石《ダイヤモンド》や真珠《パール》が飾られ、大きめのコサージュが縫い絞られていた。

今夜はドレスの下にクリノリンを穿いてはいない。それにも拘わらずしっかりとボリュームが保たれているのは、最先端のデザイン故だった。

大国ベルジャンより輸入された上質の絹やサテン生地で何重にも重ねられたドレープは、臀部をふっくらと魅せるバッスル・スタイルというもので、すっと伸びた姿勢を大人っぽく美しく魅せてくれる。

ウエストからお尻にかけて段を重ねたレースは優雅で、大輪の花が淑やかに咲いているようだった。

結い上げられた髪には、庭園に咲き誇る薔薇のような髪飾りがピンで止められ、エレンの耳には揃いの金剛石《ダイヤモンド》がきらきらと輝いて揺れている。

他の誰もが羨望の眼差しでエレンを見ている。応接間《ドローイング・ルーム》では話したこともない貴婦人が「ドレスはどちらで仕立てられたのかしら？」などと興味をそそられている様子である。

ローナから聞いたところ、これはジェラルドからの贈り物だという。

今日で最後――。

そう思えば思うほど胸が張り裂けそうになる。

大広間に続く大理石の階段《ステアケース》をあがっていく間、まるで死刑囚が断頭台に上り、裁きの時を待つかのような気分だった。

そんなエレンとは対照的に、思い思いに着飾った淑女たちは国王が登場してからというものの、それぞれが落ち着かない様子だった。

何故なら今日の舞踏会では『ジェラルド王子殿下』が初めて公の場に姿を現すことになっているからだ。

「どちらにいらっしゃるのかしら」

「御婚約を発表されるらしいわ。お相手も大広間の中にいらっしゃるのかしら」

……などと手元の扇子で扇ぎながら噂をしている婦人もいる。

突如、美しい調べを奏でていた宮廷楽団の音楽が止んだ。

漆黒の燕尾服《テールコート》に身を包む紳士が大勢いる中で、一瞬にして大広間の視線を攫った者がいた。

「ジェラルド王子殿下のご登場です」

国王の側近が合図を送ると、大広間がざわっと歓喜の声に包まれ、エレンの胸の鼓動も大きく弾けた。

王族だけが身に纏うことを許された深紅色の勲章をつけた軍服にウエストコートを合わせ、王家の紋章がついた純白のクラバットを巻いたジェラルドが、大広間に現れたのだった。

長身の彼は、気高い獅子のように優雅に歩いた。

豪奢なシャンデリアの灯りで艶やかな金髪がより輝いて見え、吸い込まれそうなほど綺麗なロイヤルブルーの瞳が、挨拶をする淑女《レディ》にやさしく微笑みかける様は王族にしかない気品を漂わせている。

彼はやはりこの国の王子なのだと、改めて身分の差を感じてしまう。

エレンが遠目で見つめていると、ジェラルドがこちらに気づいてやってくる。淑女たちが悲鳴にも似た声をあげるのを必死に押さえたり卒倒して付き添い人《シャペロン》が気付け薬を差し出す一幕が見られる中、彼はエレンの前に立った。

エレンは震える膝を少し折り、スカートの裾をもちあげ、王子殿下に失礼のないように挨拶をする。

「やあ。今日のあなたは……これまで以上にとても素敵だね。そのドレスとても似合ってる」

「……殿下」

気の利いた言葉がうまく出てこない。

ジェラルドは白い手袋を塡めた手をすっと差し出した。

「僕と一曲踊っていただけますか?」

「……はい」

――これが最後のレッスンだ。

エレンは周りを気にしながらも、ジェラルドにエスコートされ、ワルツの輪の中に入る。とても自然で優雅な動きで、国の王子である証明であるようだった。

ワルツは身体をとても密着させる踊りだ。けれどエレンはリリアに遠慮して、身体にほとんど添えるだけで、二人の間には節度ある距離があった。

ダンスのレッスンなど必要なかったのではないかと思うほどなめらかなステップを感じ、

自分は少しでも役立ったのだろうかと胸を痛めながら、エレンはジェラルドを見上げた。

今日のジェラルドは今まで以上に素敵だ。改めて彼が王子であるということを思い知らされるばかりだった。

エレンはジェラルドに任せて、引き寄せられるまま身体を預けた。指がきゅっと絡み、彼の香りを感じる度、胸が強く締めつけられて、涙が溢れてしまいそうになる。

初めて舞踏会で彼と出逢った日……なんて素敵な人なのだろうと思った。いつも独りでワルツを踊っていた時に想像していた王子様よりもずっと格好良くて……そしたら本当の王子様だった。

あの時は『ルイス』と偽名を使っていた彼。二人でこっそり舞踏会を抜け出して、月明かりの入る部屋で二人きりでワルツやポルカを踊った。楽しくて、嬉しくて、時間を忘れてしまいそうなほど夢中で、あんなにドキドキしたのは初めてだった。

まるで王子様のようだと思ったけれど、本当に王子だったなんて。何度、彼に恋をしたことを悔やんだだろう。否、ジェラルドが王子でなかったなら……そしてこのまま連れ出してくれたなら。そんなことを渇望している。

諦めなくてはいけないと頭の片隅では分かっているのに、それでも心の中で彼を強烈に欲していた。

「あ、……」

ほんの少しステップを踏み外し、エレンの身体がぐらつきそうになると、ジェラルドがフォローするように力強く抱きとめてくれた。

「あなたらしくないな。大丈夫かい？」

ジェラルドのさらさらの絹のような金髪から見える、深い海の色のような碧瞳がとても綺麗で吸い込まれてしまいそうだった。

「……ええ、支えてくださって、ありがとう」

今にも唇が重なってしまいそうな距離で見つめられ、エレンの瞳はみるみるうちに潤んでいき、頬が薔薇のように赤く染まった。

「レッスンした甲斐があったようだね」

ジェラルドが鷹揚に微笑む。

エレンは何も言葉にならなかった。

けれど、心の中ではいくつも叫んでる。

もっと笑って、もっと見つめて、もっと触れて……求めて。

このままずっと手を握っていられたらいいのに。傍で見つめていられたらいいのに。

そんな欲求がどんどん膨れ上がってエスカレートしていく。

白い手袋越しではなく、直に触れたい。広い肩や背に、強く抱きしめられたい。

強く激しい想いが、引いて寄せる波のように胸の中にこみ上げてきて、秘めた想いが溢れてしまいそうになる。

このまま時が止まってしまったらいいのに――。

(でも、離れなくてはいけないんだわ……)

きゅっと唇を噛んで耐えていると、音楽はまもなく終わりに近づいてきてしまうところだった。

玉座には国王と王妃の姿がある。

ジェラルドに手を握られ、ターンをして近づいた時、耳の傍でジェラルドに囁かれた。

「エレン、あなたに大事な話がある」

エレンはドキリとした。

「……大事な話?」

手の甲をすっと持ちあげられ、慈愛に満ちた眼差しで、敬意を込めたキスが贈られる。

「また後ほど、二人でゆっくり話をしよう。必ず、約束だよ」

エレンは大きな瞳を揺るがせながら、ジェラルドを愛おしむように見つめた。

まもなく曲は終わってしまう。エレンは後ろ髪を引かれる想いで、ジェラルドを見送るしかなかった。

ワルツの輪の中心では紳士と踊っているリリアの愉しげな姿が目に入り、その方向へゆったりと優雅な足取りで向かうジェラルドの背を見たエレンは、今にも胸が張り裂けてしまいそうだった。

◇◇◇　◇◇◇　◇◇◇

『エレン、あなたに大事な話がある』

……話など聞きたくない。

エレンは曲が終わりジェラルドの手が離れていったあと、彼の広い背が玉座の方へ行くのを見送るまもなく、大広間からさっと抜け出した。

見張りがいる中で外には出られない。左右どちらに行っても長い回廊が待ち構えている。どこかの部屋に入ろうとしようものならば近衛兵に止められてしまうだろう。

ドクドクと心臓が激しく鼓動を打っていく。

不安と孤独で押し潰されそうになり、エレンは動悸のする胸を必死に抑えつけた。

『ジェラルド王子殿下がすべて誂えてくださったんですよ』

ローナがにこやかに説明してくれたことが頭をよぎり、早くドレスを脱いでしまいたい気分に駆られた。

（どうしよう。付き添い人《シャペロン》もいないでうろうろしていたら……不審に思われてしまう）

エレンはふと閃いた。

ジェラルド扮する『ルイス』に抜け道を教えてもらったことを思い出したのだ。

王宮には国王や王子たちが私室から謁見室に出る為に、こういった秘密の部屋が用意されているらしい。そしてルイスが教えてくれたように使用人が緊急で駆けつける為の通路なども。

考えてみれば、ジェラルドが王子だったからあんな風にできても不思議ではなかったのだ。今はエレン一人だ。見つかれば怪しまれるだろうし、捕まえられたなら罪を追及されてしまう。

けれどエレンはとにかく一秒でも早く離れたかった。

あの日と同じように人気のない書斎《ライブラリー》にさっと忍び込み、秘密の扉を見つけて力いっぱい抉じ開けた。そのままではびくともしなかった壁がゆっくりと開かれていく。

一人では不安だったが、もう後戻りはできない。

湿った薄暗い通路を脇目もふらずに走り抜けていくと、ぽっかりと丸い景色が見えてくる。

このまま突き進めば、おそらくあの晩と同じ場所に出られるだろう。

エレンはそれからまた扉を力いっぱい閉めたあと、形振り構わず必死に走り続けた。すると目前にアーケードが見えてくる。

入場門が近いところでは近衛兵が待機しており、エレンは茂みにさっと隠れた。棟の光が漏れる方を振り返り、方角を確かめる。

そして兵が去ったのを見計らい、一目散に駆け出した。

クリノリンは座ったり走ったりするのには向いていなかったから、最先端のバッスル・スタイルに下穿きがペティコートと薄いガードルだけというドレスはありがたかった。

明日のパレードに向けて整備されている厩舎の近くまで息を切らして駆けていく。城壁に囲われた場所まで走ってしまえば、ほんの少しの時間でも身を隠すことができる。ここまで来れば誰にも気づかれないで涙を流すことだってできる。

何もギルバートに頼んで帰りたいと言えば聞いてくれたかもしれない。けれどエレンは我慢の限界だったのだ。

半ば錯乱したように逃げ出してきたけれど、ひとりぼっちになってから急に心細くなり、ジェラルドのあたたかな温もりを思い出して、次々に涙が溢れた。

涙で揺らいでいく視界に煌々と輝く月が浮かんで見えた。

――どのくらいそうしていたことだろう。

馬の蹄の音がして、エレンはハッとする。

夏が終わったばかりの秋の夜は、人肌ほどの気温で心地よく、泣きつかれた少女のように眠りについてしまうところだったのだ。

(誰かが来た?)

鼓動が急に速まり、すっかり気が緩んでいたエレンは慌てる。

(どうしよう。早く離れなくては見つかってしまう)

だが、焦ったところで一足遅かった。

「エレン――!」

大きな声に呼び止められ、エレンの肩はびくりと震えた。急に眩い光が差し込み、エレンは目を細め、おそるおそるその主を見た。

オイルランプをもったジェラルドが、エレンに手を伸ばしてくる。

「あ、……ジェラルド……」

咄嗟にエレンは窮地に入り込んだ鼠のように身を縮めた。

「こんなところに……あなたは」

ジェラルドは息を切らして言った。彼の呆れたような声が、薄暗い小道に響き渡る。

イリス棟と厩舎の傍、井戸のあるアーチの階段の下に、エレンは身を潜めていたのだった。

寄りかかるようにして眠っていた為、せっかくのドレスが煤汚れになってしまっている。はしたなく脚が見えてしまっているのを慌てて取り繕うが、足首を痛めてしまったようでうまく立てない。

ほら、とジェラルドが手を貸すと、エレンはおずおずと手を伸ばした。

力強い腕に引き上げられるだけで、胸が勝手にときめく。

御礼を言ってパッと離れようとしたが、そのままエレンの身体はジェラルドにぎゅっと抱きすくめられてしまい、息が止まってしまいそうになる。足元にランプが音を立てて転がっていった。

「……………っ」

背に回る力強い腕、胸に触れる早い鼓動、息を切らした声……愛おしい彼の温もりに包まれると、枯れてしまったはずの涙が零れ落ちてきそうになる。

「どうして……逃げ出したりなんかしたんだ」

「大事な話なんて……聞きたくなかったからよ」

感情的に口走ってしまうと、ジェラルドはエレンの肩をゆっくりと引き離し、悲痛な面持ちで彼女を見た。

「僕と一緒にいたくないということか？」

「そうよ！　もう……終わったのよ。あの夜だって、そのつもりだったの」

エレンの言葉を聞いた途端、ジェラルドの瞳の色が変わった。

「そんなことは許さないよ、エレン」

エレンはジェラルドの唸るような低い声にビクッとした。彼の瞳には怒りとも哀しみともとれるような熱情が灯っていた。

そこへライオネル隊長が二人の間に割って入ってくる。

わざわざ馬を走らせて捜しにきてくれたようだった。

「さあ、ジェラルド王子殿下、エレン様もどうぞお乗りください」

「いい、構わない。このまま僕が連れていく。警備に戻ってくれ」

「しかし」

ライオネルはエレンの有様を目に止め、躊躇っているようだった。

ジェラルドはライオネルの制止を跳ねのけ、エレンを抱き上げた。

「離して、ジェラルド、いやっ……！」

「前にも言ったはずだ。僕はあなたを離さないって」

「いやっ……やっ……」

何も聞きたくない。何も見たくない。

最後だなんて嘘をついて、愛妾にするつもりでいるの？　そんなのは耐えられない。

エレンが泣き縋るのを無視して、ジェラルドは王宮の方に戻り、長い道を歩いていく。

舞踏会の行われているエスレ棟には近づかないよう、遠回りをしてプリム棟まで黙々と進んだ。

いくら修錬された男の力でも長い時間抱き上げていたら重たいだろう。だが、ジェラルドは目もくれず何かを振り払うように突き進んでいく。

「今日一日ここで反省するといいよ」

見たこともない殺風景な部屋に連れてこられ、振り返った瞬間には彼の顔を見ることもなく、外側から門を閉められてしまい、エレンは一人きりになってしまった。

「ジェラルド！　開けてっ……おねがい、……っ」

声は返らない。この部屋の鍵は中からは開けることができない造りになっている。

思い立ってバルコニーの窓から下を眺めると、兵が立っていた。身投げしたりしないように見張っているのかもしれない。

エレンは絶望の想いで窓辺から欠けた月を見上げた。

◇◇◇　◇◇◇　◇◇◇

「殿下、エレン嬢のご様子はいかがでしょうか」

ギルバートに声をかけられるまでジェラルドは鉄の鎧を召した騎兵のように、表情を凍りつかせたままだった。

唯一ノックなしに入ってこられる執事でも気兼ねしてしまうほど、ジェラルドは不機嫌だった。

「明日になれば、落ち着くだろう」

そう言い聞かせたかったのはジェラルド自身だった。さっきのエレンの泣き顔が脳裏にちらついて離れない。

今頃彼女がどうしているのか、そればかりが気がかりだった。

まるで腹を空かせた野生動物のように苛々と落ち着きのない一国の王子の身を心配したギルバートは、なるべく彼を刺激しないよう慎ましく口を開いた。

「差し出がましいようですが、殿下」

「なんだ」

「エレン様は誤解なさっておられるのでは?」

「誤解だって?　僕は大事な話があると告げていた。エレンは聞きたくないと言って逃げ出したんだ。怯えるような瞳で僕を見ていた……」

ジェラルドの声は憤りで震えていた。

あと少しで手に入れられる。愛おしいエレンを花嫁として迎える為の手筈は済んでいたはずが、彼女に逃げられたのでは話にならない。

国王や側近たちには散々追及される始末で、婚約お披露目は中止になってしまった。

何よりジェラルドが落胆していたのは、彼女を傷つけてしまったことだった。

「私から気にかかることをお伝えいたします。殿下はエレン様にリリア嬢の婚約のことを詳しくお話になられましたか」

ジェラルドはギルバートの顔を見て、しばし逡巡した後、我に返る。

エレンに夢中になっていて、彼女がどんな風に思っているのか配慮してやれていなかったことに今さら気づく。ギルバートの言うように彼女が誤解をするのも無理はないのだ。

「あの場で言えるわけがないだろう」

ギルバートの手前、ジェラルドはそう言い放つが、内心では言葉足らずだったことを深く反省した。

「さようでございますね。殿下の役目というものがあります。混乱があれば、かえって大変なことになっていたかもしれません」

ギルバートはジェラルドとエレンのどちらをも気遣ってそう告げた。

「ギルバート、ローナを呼んでくれ」

「御意」

恭しく礼をしたあと、ギルバートは部屋を出ていった。

ジェラルドは自分の不器用な愛情表現に辟易し、彼女の気持ちが離れていってしまうのではないかという不安に駆られた。

だが今は冷静になる必要がある。

ジェラルドは彼女の心中を想い、じっと朝まで耐え続けた。

◇◇◇　◇◇◇　◇◇◇

明朝、コンコンとノックの音が鳴り、兵の交代の時間を知らされると、その折にもローナが顔を出した。

彼女は侍女でつまりはエレンの御目付役である。

ジェラルドが様子を見てくるようにとでも命じたのかもしれない。

エレンは逃げ出すこともなければ身投げを試みることもなく閉じ込められた部屋でじっとしているほかになかった。

けれど独りで悲嘆に暮れていたエレンにとってローナが傍にいてくれることは心強かった。

「お風呂の準備をいたしました。エレン様、こちらにどうぞ」

浴室《バス・ルーム》に案内され、エレンはようやく着替えることを許された。

金の蛇口を捻ると綺麗なお湯が流れてくる。

エレンは唐縮緬《メリンス》の湯あみ着になり、白いバスタブに身を沈めた。

すり切れた足が染みる。腰のあたりまでお湯が溜まってくると、いい香りがしてきた。

傍にはハーブの花を乾燥させたポプリが置いてあり、心安らぐ香りが湯気とともにゆらゆらと浴室に漂っていたのだった。

ローナのさり気ない気遣いが嬉しくて、胸がじんと熱くなる。

「お湯加減はいかがでしょうか」

「ええ……ちょうどいいわ」

「染みるところがございましたら、おっしゃってください」

「……ごめんなさい、ローナ。あなたには迷惑ばかりかけているわ」

「エレン様のお世話をさせていただくのが、私の務めですから」

ローナの柔らかな声を聞き、エレンの瞳にじんわりとまた涙が浮かんでくる。

「今、王宮の前では、近衛兵交代式が行われています。ライオネル様のお姿の……凛々しかったこと」

うっとりとしたローナの顔を見て、エレンは涙目のまま少しばかり笑った。そしてライオネルにも失態を見せてしまったことに対してエレンは落ち込んでしまった。

ローナが気遣うように口を開いた。

「昨日の婚約お披露目ですが、中止になりました。主役がいらっしゃらないのでは無理もありません」

ジェラルドが息を切らしながら迎えにきたことを思い出したエレンは、胸に杭を打たれたような気分だった。

「私……とんでもないことをしてしまったんだわ」

ここに閉じ込められるばかりか投獄されてもおかしくない。

恩を仇で返すような真似をしてしまっては斬首刑を言い渡されても不思議ではない。

だけれどエレンは最初に王宮に連れられてきた時のような不安な気持ちはなかった。ただ彼のことを想うと申し訳なく、胸に穴をあけていくばかりで、いっそのこと……と思わずにいられない。

「エレン様は勘違いなさってます。それから……、ジェラルド王子殿下がご立腹なのは、お互いにすれ違ってしまわれた結果でしょう」

ローナが髪を結ってくれる間も、エレンの表情は暗かった。

「このようなことをお聞きするのは不躾極まりないことですが、それを承知で御伺いします。エレン様は、ジェラルド王子殿下を愛していらっしゃるのでしょう？」

ほとんどが黒目でできているような彼女のまっすぐで大きな瞳に見つめられると、どう答えていいか迷ってしまう。

「私は……」

ジェラルドのことを愛している。でもそれを伝えたからどうだというのだろう。彼には婚約者がいる。王族に嫁ぐに相応しい女性……リリアの存在があるのだ。

「あれから、舞踏会を途中で抜け出すなんて一体どういうことだと王族から非難を浴びせられて大変なご様子でした。でも、ジェラルド王子殿下がどうにかその場を収めてくださいました。殿下もひどく落ち込んでおられる様子でした。私からはこれ以上お伝えできませんが、どうか殿下の話を聞いて差し上げてください。そして素直になられてくださいませね」

「どういえばいいと言うの？　もしも殿下が王宮に残ることを望んでも、私は愛妾などになるつもりはないのよ。リリアを哀しませたくないというのは建前だわ。本音では私が辛いのよ。ひどいことを考えていたわ。想うだけなら自由だなんて……」

エレンが訥々と語り出すと、ローナはおだやかに微笑んで、さあ、と促した。

「そのお気持ちを、殿下に正直にお伝えすればよろしいのですよ」

「でも……」

エレンは俯いて唇を噛みしめた。

そんなことできるはずがない。だからこんなに苦しいのだ。

エレンが落ち込んでしまっている間にも、彼女の濡れた身体は厚手のコットンタオルで丁寧に拭き取られていく。

「おみ足をどうぞ」

ローナから下穿きを差し出され、エレンはふっとため息をついた。今日はコルセットが着せられる様子はなく、二の腕がパフスリーブになった短い袖口にウエストがすとんと落ちたピンクのシフォンドレスだった。

今は流行が廃れてしまっているが、母の若い頃の肖像画では見たことがあるものだ。

エレンは身体を左右に捻り、裾を揺らしてみせた。

こういう鬱屈した気分だからこそ、何も締めつけるものがないと楽でちょうど良かった。

「それでは礼拝堂前の『光の間』にご案内いたします。そちらで殿下がお待ちになられておりますので」

心の準備が整っておらず、足が進まないエレンだったが、ローナが深々と身を屈ませたままでいるのが忍びなく、仕方なく彼女についていくことにした。

案内された『光の間』はその名の如く、どの部屋よりも光が差し込む明るい広間《サルーン》だった。ドーム型の天井には聖母や天使のフレスコ画が描かれ、白い大理石の石像などが飾られている。

暖炉を挟んだ両側の壁には歴代の王の肖像画や国旗が飾られ、大きな窓の前には背丈より高い金の燭台が立てられていた。

初めて連れてこられた部屋に緊張していると、「失礼します」と声が割って入る。

仕立て職人とお針子と思わしき人が五名ほど入ってくる。そして部屋の奥にいくつもの衝立がなされている場へ案内された。

「エレン様、これからお召し替えになります」

「え？　たった今着替えたばかりなのに？」

着替え用の小部屋が開かれると、眩い純白のドレスがトルソーにかけられていたのだった。

「仮縫いをいたしますので、こちらでどうぞ」

仕立て職人が二人脇を固めるように傍に立つものだから、エレンは困惑する。

「ちょっと待って。まさか、これを？」

どう見てもウエディングドレスにしか見えない。

「じっとされていてください。お怪我をされてしまいますよ」

仕立て職人二人がかりで押さえられ、エレンはおろおろしている様子である。

「だから話を聞いてください。ねえ、ローナもなんとか言ってちょうだい。どうして私がウエディングドレスを着なくてはならないの？」

ローナが困ったように眉を下げ、衝立の外へ目を向けると「あっ」と小さく声をあげた。

「――勘違いしているのは、あなただよ、エレン」

いつ入ってきたのか、王族の衣装を召したジェラルドが、腕を組んで立っていたのだった。

昨晩のことがあって気まずかったエレンは、ジェラルドの深い海のような瞳をまっすぐに見つめるのが苦しくなった。

「ジェラルド……王子殿下、どういうこと……ですか？」

戸惑った声で訴えかけるエレンに、ジェラルドは顔の筋肉ひとつピクリともさせず、さも断定的に言い放った。

「結婚許可証は既にもらってある。あなたは僕の花嫁になるんだ」

さぁっと頭が真っ白になる。

――あなたは僕の花嫁になるんだ。

（結婚許可証？　私が、花嫁……？）

今ジェラルドから言われた言葉が、エレンの頭の中でわんわんと鳴り響く。

「……なんですって？」

「とにかく時間がない。仮縫いを済ませてから、話をしよう」

「今、この場で説明をしてください」

「あなたが逃げ出さないと約束してくれるなら」

「……約束するわ。だって納得できないもの」

エレンが食い下がるとジェラルドは大仰にため息をつき、少しの間二人きりにして欲しい、と仕立て職人とローナに命じた。

「かしこまりました。後ほど参ります」

ぞろぞろと皆揃って部屋の外に出ていく。

二人きりになったのを尻目に、エレンはジェラルドを追及した。

「どういうことなの？　まさか今度は先生じゃなく、結婚相手の身代わりとおっしゃるつもり？」

もう彼に振り回されるのはたくさんだ。これ以上無茶なことはしたくない。

急に花嫁になれと言われて、どう納得できるというのだろう。

エレンが立場も忘れて混乱していると、ジェラルドは慈愛を込めた瞳で彼女を見つめた。

「昨日は取り乱したりして、悪かった……それから、黙っていてごめん。エレン。頭を冷やしたかったのは僕の方だった」

「どうなっているのか、さっぱり分からないわ」

「最初から僕は、あなたを花嫁にすると決めていた。一年前に舞踏会で出逢ってから」

まるで騎士が忠誠を誓うかのように手の甲に口づけられ、エレンは言葉にならなかった。

「一年前って……」

ジェラルドはエレンを恋しがるように見つめたまま頷いた。

「あぁ。そうだよ。ずっと好きだったと伝えただろう。舞踏会のあとも、ずっとあなたのことを気にかけていた。セントウエルリー教会で、子供たちにダンスを教えているあなたを見かけたこともあった。何度も……僕はあなたに会いたくて……何度も、声をかけようかと思った」

エレンは困惑した瞳で、ジェラルドを見上げた。

「じゃあ、どうして……？　だって、あなたはリリアと結婚するんじゃなかったの？」

「伝えておかなかった僕が悪かったよ。彼女は僕の弟ウィルフレッドと婚約したんだよ。お茶会の時に二人がいただろう？　あの時に紹介するつもりだったんだ。ところがサイラスの邪魔が入った。すっかり話したつもりになっていたんだ。ごめん……」

サイラスのことが頭をよぎる。その前にジェラルドとリリアが親しげにしていたことも。そしてその場にウィルフレッドの姿は確かにあった。

「ウィルフレッド王子が帰国したというのは……その為？」

「あぁ、そうだよ。僕にはあなたしかいないんだよ、エレン」

「……待って、じゃあ」

「国王陛下にはお許しをもらっている。それからプレスコット家の事情も、バーナード侯爵に通じてもらい、あなたの父上にもすべて話をしてある。借金は給金で帳消しになり、あなたはその代わり、僕の花嫁になることを承諾された」

あまりの衝撃にぐらぐらして眩暈までしてくる。

「そんな……」

ジェラルドは頽れそうなエレンの腰を抱き込んで、真摯な眼差しで許しを請う。

「許してほしい。本当は早くに言いたかった。言えずにいたおかげで誤解や混乱があった。すべては僕の都合だ。どうしてもあなたを花嫁にしたいと願った僕の……」

あまりに苦しげにジェラルドが言うものだから、エレンは彼を責める気になれなくなってしまう。

「でも、殿下は……少しも私のことを思い出してくださらなかったわ。ダンスのレッスンだなんて言われて、婚約者発表の舞踏会まで教えてほしいと言われて……それで……」

これまでのことが一気に頭の中を駆け巡る。それにもう最後だと思ったからすべてを捧げたのに。

ジェラルドは観念したように種明かしをした。

「最初からあなたにプロポーズしていたら、生真面目なあなたのことだ。家の事情や身の周りのことを色々気にして、僕を遠ざけると思ったんだ。その一方、僕には期限までに確実に花嫁を選ばなければならない王子としての使命があった。だから、あなたをダンスの先生として呼んで……あなたの気持ちが僕にあることを確かめたかったんだ」

エレンは啞然とした。

「試したっていうこと？」

エレンが初めて王宮に招待状を受けとった日から、ジェラルドの策略ははじまっていたのだ。

「どうしても欲しかった。あなたのことが忘れられなかったんだ。エレン。あなたを手に入れたかった」

「……ジェラルド……」

「そう、あなたはこれからも僕をそう呼んで」

マイプリンセス、と囁いて、ジェラルドは手を引き寄せ、甘い口づけを送った。

エレンはまだ信じられない想いで、ジェラルドを見つめていた。

それからジェラルドはこれまでのことを包み隠さず教えてくれた。

プレスコット家の借金はすべてバーナード侯爵に支払われたそうだ。事業の再建には、銀行家の次男で名のある実業家に投資という形で任せ、プレスコット家は持ち直しつつあるらしい。

考えてみればエレンが働いただけでは到底返しきれない額なのだ。

つまりこれまでのことはすべて計算し尽くされていたということだ。

「信じられないわ……」

　エレンの脳内でこれまでのことが嵐のように押し寄せてくる。

「最後と言ったあの日……、僕はどうしてもあなたの口から、愛の言葉を聞く必要があった。証人が待機していたあの部屋で」

「証人って……っ」

　エレンは茫然とする。

　最後だと思って愛し合ったあの部屋の外に、証人がいたなんて。

　リネンの上にうっすらと記された愛の証が脳裏にちらつき、頬が熱くなる。

「う、うそでしょう。それじゃあ」

　エメラルディア王国では夫婦の契りに証人が立ち合うことになっている。初夜を迎えたことを証人によって確かめられると、二人は真実の夫婦になることを認められるのだ。

「そう。花嫁の儀式はとっくになされていたんだよ。あなたの純潔をもらいたいと願ったことは、僕が妄執しているだけだとでも思ったかい？」

　恥ずかしすぎて顔向けできなくなってしまったエレンをよそにジェラルドはエレンを抱き上げた。

　拗ねた子猫のような瞳を向けるエレンに、ジェラルドもまた少年のように悪戯な瞳で返す。

「いいけど。どちらも本当のことだから。あなたを僕の花嫁に欲しいと思ったのも、あなたを可愛がりたいと思ったのも……それから、泣くほど苛めてみたいと思ったことも」

「……ひどい言い方するのね」

エレンがムッと口を尖らせると、ジェラルドはくすっと軽やかに笑った。

「仕方ないだろう。僕の腕の中で泣いているあなたは最高に可愛いんだから。でも、一番は……いつもそばで花々が咲きこぼれるように笑顔でいてほしい」

そう言われている傍から、エレンの瞳からは大粒の涙が零れてくる。

……ジェラルドと一緒にいられる。彼のあたたかな体温に包まれていられる。そんな幸せを一気に感じたら、涙腺が緩んでしまって止められなかった。

エレンの頬から溢れる涙と同じくらい純粋な輝きに満ちた宝石の指輪が、彼女の薬指に塡められようとしていた。

「エレン、今からとても大事な話をするよ。順序が少し狂ってしまったけど……」

エレンはジェラルドを見つめる。彼はすっと跪く。

「あなたを心から愛してる。どうか僕と結婚していただけませんか?」

澄んだ碧い瞳に見つめられて、エレンは声にならなかった。

『エレン、あなたに大事な話がある』

あの舞踏会の夜に聞こうとしなかった言葉は、本当に大事な話だったのだ。

想いを込めたジェラルドのプロポーズを聞き、エレンは迷いも何もかも捨てて頷いた。

薬指には塡められた宝石がキラキラと輝いていた。

「やっと……僕のものだ……」

熱いキスを交わし、ドレスごと抱き上げたジェラルドは、照れて潤んでいるエレンを見上げて微笑む。その表情は初めて出逢った時と少しも変わらないやさしさに溢れていた。

「ジェラルド、私も、正直に言うわ。あなたのこと……ずっと……ずっとずっと……好きだったの……愛してるわ。とても……」

エレンの声が涙に混じって震える。ジェラルドの首に抱きつき、そして彼を熱い眼差しで見つめた。

「うん……知っていたよ。終わったのよって言われた時は、正直ショックだったけどね」

ジェラルドはエレンの目尻にキスをして涙を舐めとり、それから彼女を下ろすと、耳元で囁いた。

「エレン……今夜はあの日の続きをしよう。二人きりでダンスを踊ってから」

悪戯っぽく微笑む彼にドキリとし、これからはじまる甘い蜜時を期待してしまっていることを彼に知られるのではないかとドキドキしていたのだった。

◇◇◇　◇◇◇　◇◇◇

「エレン様、とてもお似合いです。ドレスの完成が待ち遠しくなりますね」

支度を手伝っていたローナが瞳を潤ませて言った。

エレンの目に飛び込んできたものは、エメラルディア王国に嫁ぐ、花嫁の為に用意された贈り物だった。

ジェラルドからプロポーズを受けたあと、待ち構えていた仕立て職人とお針子たちが押しかけ、エレンはローナに手伝ってもらい、ウエディングドレスに着替えることとなったのだった。

ウエディングドレスは、純白の絹で仕立て上げられた襟の高いドレスで、胸元と袖口には大国ベルジャンから輸入された最高級のレースがたっぷりとあしらわれている。

胸元のレースの束を留めているのは、懐中時計ほどの大きさの見事な翠玉石《エメラルド》だった。宝石を縁取っている金の模様には王家の紋章までもが刻まれていた。

「いかがでしょうか」

仕立て職人がジェラルドの様子を窺う。彼の一声にかかっているのだ。エレンもお針子がどれほど大変な作業かというのを知っている。

エレンも一緒に緊張しながらジェラルドが判断を下すのを待った。

エレンのウエディングドレス姿を見たジェラルドは、吸い込まれるように魅入ったあと、エレンのすぐ傍にやってきて、彼女の頰に両手を伸ばした。

「最高に素敵だよ。とても似合ってる。このまま……連れ去りたいくらい」

ジェラルドの感嘆の声を聴いた仕立て職人とお針子はようやくホッと胸を撫で下ろした様子で、次の本仮縫いや完成までのスケジュールを事細かに告げた。

しかしジェラルドの耳にはもはや何も聞こえていない様子でただただ、エレンを熱っぽく見つめていた。

「私、花嫁になる資格あるのかしら？」

急に不安になってしまったエレンに、ジェラルドはやさしく微笑む。

「大丈夫だよ。あなたには僕がついている」

その言葉はエレンにとってどんなものよりも心強かった。

それからエレンはシンプルなイブニングドレスに着替えさせられた。

仕立て職人とお針子たちが去ったあと、ジェラルドは二人きりになることを望んで部屋を移動した。

「今日は他に誰もいないから安心してほしい」

どうやらジェラルドは人払いさせたらしかった。

「ここでダンスを踊るの？」

「ああ、そうさ。二人きりでね」

二人きりのダンスは二人の為に用意された部屋の中で、密やかに行われた。

手と手を取り合い、ワルツを踊る。それからポルカ、ガボット、ボレロ――。

激しいターンを繰り返し、じゃれ合うように凭れかかったエレンの背を、ジェラルドはきつく抱きしめ、それから彼女の唇を求めた。

小鳥が啄み合うようなキスをして、それから二人はベッドに倒れ込んだ。

エレンはジェラルドの柔らかな髪を指に絡めながら、深く求める彼の唇に応じて、甘い吐息を漏らす。

息継ぎの合間に、エレンは正直に胸の内を告げた。

「ずっと、苦しくてたまらなかったわ。ジェラルドが結婚してしまうと思ったら……もう二度と会えないって考えたら……」

「ごめん」

柔らかいシフォンのドレスごとエレンの身体はジェラルドに抱きしめられる。

「……最初からすっかり騙されていたのね、私……そうだと知っていたなら、哀しくならなくて済んだのに」

結果論とはいえ、すっかり拗ねてしまったエレンを見て、ジェラルドは笑った。

「でも、ある意味、僕も騙されていたんだ。国王陛下主催の舞踏会……あなたを招待しようと企んだ者がいたようだから」

そう、後から分かったことなのだが、舞踏会への招待状は、なかなか結婚しようとしないジェラルドに国王と王妃が執事のギルバートに相談したことがはじまりだったそうだ。

ジェラルドは記憶喪失ではなかったが、自分で言ったことを忘れていたらしい。教会に度々視察に訪れていた時、『あの子のような女性だったならば結婚してもいい』と言っていたことを。それがエレンに贈られた招待状の仕掛けだった。

奇しくも二人は出逢って、ごく自然に惹かれ合った。

今があるように――。

「でも、知らなかったな。それほどまであなたが僕のことを想っていたなんて」

ジェラルドはそう言いながら、瞼や頬にキスを降らせた。彼女の気持ちが嬉しくてたまらないと言った風に、唇が弾む。

「……ん、……からかわ……ないで、ジェラルド」

「からかってなんかないさ。嬉しいんだよ……エレン」

エレンの愛らしい唇をちゅっと吸い、ジェラルドは熱い眼差しを降り注ぐ。ただそれだけで体内の温度がじわりとあがっていくようだった。

「ん、……ジェラルド」

「今夜のあなたは、とても綺麗だよ。ねえ、あなたの口から聞かせてくれないか。熱に浮かされた譫言のようにじゃなく……」

愛する人の瞳に見つめられ、エレンの頬はみるみるうちに紅潮していく。

「……好き。ジェラルドのことが……好き」

「それだけ？」

目元を甘く滲ませ、小首を傾げるようにしている王子様は、まるで幼い少年のようでいて愛らしいが、その腹の底では意地悪なことを考えているに違いない。

いつだってジェラルドはそうだった。

エレンが恥ずかしがるのをわざと楽しんでいる風だった。

「もう、ずるい……わざと言わせようとしてる」

けれど、エレンにとっても包み隠さず伝えられることが、嬉しくてたまらなかった。

胸に熱いものがこみ上げてきて、そのうち額や背中までじっとりと汗ばんでしまう。

「聞きたいんだよ。どうしても。あなたの口から」

エレンの細い指先を閉じ込めるようにジェラルドの手が彼女の手の甲を引き上げ、懇願するように口づける。

沸々と滾ってくる恥ずかしさを押し込んで、エレンは意を決して告げた。

「……………大好きよ……愛してる」

……愛してる。

とても愛してる。

ずっとこうして伝えたかった。

心の底から大好きだと、本当は何度でも言いたい。

だけど胸がいっぱいで息が詰まってしまいそうになる。

来月執り行われる結婚式で、エレンはジェラルドの妃となるのだ。

こんな自分が妃として務まるのか不安がないわけではないが、何よりも生涯ずっとジェラルドと一緒にいたいという気持ちの方が強かった。この想いがあれば、どんな困難なことがあっても乗り越えていけると信じたい。

「僕もだよ。愛してる……エレン」

ジェラルドは熱のこもった瞳でエレンを見つめ返し、彼女の想いに応えるべく、愛を囁く。

エレンはそろりとジェラルドを見上げて、甘えるように問いかけた。

「どのくらい?」

するとジェラルドが面食らったような顔をする。

エレンに甘えられるのは慣れていないからか、珍しく照れているようだった。

大好きと同じように言ってもらえたら良かったのだが、その彼の表情が見られただけでエレンは満足だった。

「ふふ」

エレンが思わず笑みをこぼすと、ジェラルドの瞳が妖しく揺らいだので、ドキッとする。彼を挑発するとあとが怖いことを思い出したのだ。

「これから態度で示そうと思ったんだけど……とにかく、たくさんだよ」

ジェラルドはエレンの細腰を力いっぱい抱き上げる。そして壊れてしまわないようにそっと小鳥が啄み合うようなキスを送った。

互いの唇を吸い合い、角度を変えながらゆったりと食み合うような口づけを交わす。

長い長いキスはまるで誓いのようにも感じられ、またもっと別の甘い予感にも感じられ、エレンの胸を熱くさせる。

「初夜まで待った方がいいかい？」

急に紳士ぶるジェラルドに、エレンの方が恥ずかしくなってしまう。キスや抱擁だけで終われるはずがないことを知っているくせに彼はわざとそう言う。

「今さら……言わせないで」

大きな瞳を潤ませて上目で訴えるエレンに、ジェラルドはふっと口の端をあげた。

「やっぱりあなたはかわいらしい」

くすくすと笑うジェラルドの吐息がくすぐったい。エレンの頬は薔薇色に染まってしまっていた。

唇をやさしく吸ったり舐めたりしながら、ジェラルドがエレンのドレスやコルセットを脱がせていく。ゆっくり体重をかけていく間にも、彼はたくさんの愛の言葉を囁いた。

月明かりに照らされて、彼の細い髪の先がキラキラと光に透けて、琥珀色に輝いている。意思の強い眉根やほんのり目尻の切れ上がった深い眼差しが、切なそうに緩められる。早く求め合いたい衝動で、互いの身体が熱くなっているのが分かる。

「もうずっと、あなたは僕のものだ。その美しい瞳も、可愛らしい唇も、それから……」

コルセットが緩んで愛らしい乳房が露わになると、ジェラルドはツンと尖った控えめな先端にキスをする。

「あ、……ンっ……」

ジェラルドの濡れた舌が、表面をなぞりながら舌先で突いたり押し潰したりすると、みるみるうちにそこは硬く隆起していった。

「ん、……あ、っ……はぁ、……っ」

噛みつくように吸われ、しゃぶるように乳輪ごと舐められ、生温かい粘膜にしごかれると気持ちよくて溶けてしまいそうになる。

「全部……僕のものだ」

じゅるりと吸われ、下腹部が波打つ。

「あ、……っ……あぁ、っ……」

エレンはジェラルドの頭を抱きしめ、身をよじらせた。

身に纏うものをすべて剝いで、ジェラルドの逞しい体軀が露わになる。

形のいい臍、無駄のない引き締まった腰、うっすらと隆起した腹筋、広くて逞しい胸、鎖骨の窪み、広くてなめらかな肩のライン。そして彼の重みがずっしりと脚の間に入り込み、二人の胴体は重なり合った。

豊かな乳房を揉み上げ、ジェラルドは何度も舌で味わう。

エレンはジェラルドの肩や背に手を伸ばし、彼の筋骨の感触を指先で感じ取りながら、愛おしげに胸を愛撫する彼を感じていた。

「ん、……エレン」

ジェラルドの手が臀部を撫でて、双丘に沿って柔肉を揉み上げる。

「……はぁ、……あっ……」

ゾクゾクと震えが走って、胸の先端がきゅっと引き締まる。すると気づいたのだろう。ばちりと視線がぶつかり合う。情欲に満ちた色気のあるジェラルドの流し目にエレンはドキリとする。

今なら、想うままに伝えてもいいような気がした。

「……、っ……もっと」

どこもかしこもジェラルドに触れられると気持ちいい。気づいたらエレンはもっとそうして欲しいと口走っていた。

時々切なげに吐息を漏らしながら、やさしく乳房を揉み上げるジェラルドの仕草から、こんなにも求められているのだと感じ取ると、彼への想いがますます募っていく。

ジェラルドの舌先が焦らすようにツンと尖った乳頭をゆっくり舐める。唾液が絡まった生温かい感触が、ジェラルドにそうされている事実をはっきりと伝えてきて、焦らされるのが耐えがたくなってくる。

「あっ……、んっ……や、……」

赤く興奮したそこを幾度も嚙まれ、エレンが喘ぎながら訴えると、ジェラルドはそっと突起を吸い上げた。

「……あなたが、もっと……って言ったんじゃないか。今さら訂正させないよ」

何度も何度も強弱をつけて擽られ、泣きそうな声が漏れる。

「あ、……ぁっ……あぁっ」

生温かい感触に包まれ、じんと甘い疼きが走る。

下腹部に甘いものが流れていくのを感じると、早くそこに触れてほしい欲求が昂ってきてしまう。

「は、ぁ……」

「こうされると、気持ちいいかい？」

エレンは遠慮がちに、こくりと頷く。

片方の乳房を捏ねまわしながら、人差し指と親指で擦りあげられ、執拗に吸いつかれると、もっと別のところを触って欲しくなってしまう。

下穿き《ドロワーズ》にはとっくにその欲望が染み出してしまっていた。

ジェラルドの絹糸のように綺麗な金髪がさらりと白い肌をなぞって、下腹部を目指した。

「……ん、……はぁ、……あっ」

ジェラルドの柔らかな髪質を肌で感じ取るだけで、さざ波のように下肢に甘い痺れが走る。

「見られるのが恥ずかしい？　もう何度も見ているのに」

「それでも、言わない……で」

下着は脱がされてしまい、ジェラルドの手が足の甲を持ち上げ、ちゅっとキスを落とす。

ふくらはぎから膝の上にいたるまで丁寧に唇を這わせた。

その間も期待に戦慄く花唇からは、たっぷりと蜜が溢れてきてしまっている。

ジェラルドの赤い舌が、内腿から付け根までつっと舐っていく。

まだ肝心なところには触れずに、反対側の足も同じようにそうして愛した。もうとっくに熱くなって潤んでいるのにわざとそこには触れない。うずうずと腰を揺らすと、唐突にジェラルドの指が花びらを撫でた。

「あっ……」

びくんっと跳ねるように反応したエレンを見上げ、ジェラルドは弄ぶように肉襞の割れ目をゆっくりと上下に擦った。

「は、……ぁ、……」

ビクビク、と小刻みに内腿が揺れ、そのまま達してしまいそうな危機をいくらか乗り越えると、チュクチュクと瑞々しい淫靡な音をわざと響かせて、ジェラルドはエレンの様子を見つめていた。

「ふ、あっ……ぁっ……見ちゃ、いやっ……」

細い指を伸ばして、ジェラルドの頬や唇に縋ろうとする。だがジェラルドは赦してくれなかった。

「あなたの感じてる顔、とてもかわいいから、ずっと見ていたくなるんだ」

ようやくジェラルドはエレンの膝の裏を摑んで、ゆっくりと左右に開かせた。さらっと陰毛を撫ぜる熱い吐息にぞくっと戦慄き、濡れた舌が先端の花芽を捉えると、エレンはリネンの上でビクビクと仰け反った。

舌先が触れただけで、達してしまいそうだった。そんな脆い自分の身体が怖くなり、ジェラルドの肩を押し返してしまった。

それでも彼は唇を離さない。ぬるっと溝に埋め込まれ、秘粒を転がされる。

「あ、っ、あっ……そんな……舐めたら、……んっ……ぁっ」

「……こうされるのは嫌？」

緩慢な動きで舌がゆるゆると動く。

「……っ、……はっ……ぁっ……ちが、うの……」

「そうだよね。あなたは、こうして舐められるのが、好きなんだったよね」

「ん、やっ……」

「まだ言ってる。嫌じゃないだろう？　もっとして欲しいと言ったのは、こっちのことだったんだね」

「ん、ちが、……」

「違う？　確かめてみようか」

ジェラルドの舌先は陰核をざらりと撫であげ、今にも蕾を開かせてしまいそうな媚肉ごと口腔を使って吸い上げた。

「……ひっぁ……あぁっ」

エレンの白い乳房がぶるりと震え、彼女の蜜口からじわりと溢れた体液が、リネンを濡らしていく。

「あぁ、すごい溢れてきた。まるで蜂蜜の飴玉みたいに綺麗だよ、エレン」

いつだったかジェラルドにキャンディを挿入されたことがあったことを揶揄するように

彼は言い、エレンの濡れそぼった花芯に長い口づけを落とし、ねっとりと媚肉を舐めあげた。

「あ、……はぁ、……」

焦らされているような気がして腰を浮かすと、ジェラルドの唇がくすっと震えた。

「ん、……エレン、もう我慢できないのか？」

じわりと溢れ出した感覚がして、エレンはかぁと頰を染める。

「……だって、……」

「今まで意地を張ってばかりいたんだから……今日は素直にたくさん感じるといい。特別、僕が赦してあげるよ」

ジェラルドはエレンの太腿を抱えると、秘裂に唇を強く押しつけてきて、激しく蜜を吸い上げてくる。そして媚肉の割れ目をぬるりと舌で掬い上げ、その先についている硬い花芯を甘く嚙んだ。

「ふ、ぁっ……あぁっ……」

熱く激しい快感が、一際高い熱が、駆け上がってくる。ぱちぱちと弾けるような感覚がエレンを呑み込もうとしていた。

「ジェラルド、……」

ジェラルドの想いが嬉しいけれど、感じすぎて辛かった。

筋肉のついた逞しい腕にそっと摑まり、エレンは懇願する。

「……お願い、……」

「どんなお願い？」

「い、……挿れて、……ほしいの」

「僕のここを、あなたの……ここに？」

ジェラルドのトラウザーズ越しに彼の大きく張りつめた屹立を感じたエレンの顔は羞恥心で真っ赤に染まった。

だけどもう我慢しきれなかった。

早くもう貫いてほしい。逞しく猛った熱いものを、中に挿れてほしい。彼の体温を丸ごと感じたい。

ひとりだけで達してしまうのではなく、一緒に感じ合いたい。

「まだ、だよ……エレン。たくさん、僕を感じてるあなたを見たいんだ」

ジェラルドの繊細な指先がぬぷりと埋まり、ゆっくりと襞を拓いていく。まだ未熟な果実の中に沈んでいき、蜜を絡めた指で掻きまわされると、喉の奥がきゅんと詰まった。

強い快感と、優しい愛撫と、ジェラルドの指と舌が交互に異なる感覚を与えてきて、エレンはバラバラに腰を揺らしてしまう。

「ん、……あぁ、…………もうっ……ぁっ」

粗相をしてしまいそうな衝動が起こり、エレンはいやいやと白い首を反らし、内腿を閉ざそうとするけれど、ジェラルドはより強くエレンのお尻を引き寄せ、ちゅうっと吸い上げた。

「あっあぁっ……っ！」

ビュクっと潮が噴き上がると、ジェラルドは舌全体を使って舐めあげ、滴ってくる愛液を味わうように啜った。

「……あぁ、んっ……ジェラ……ルドっ……はぁ、も、うっ……」

快感の波が次々に押し寄せる。焦らされた反動で昂った身体は、容易く達してしまいそうになってしまっている。

じゅぶっと蕾の中に異物が挿入される。彼の骨張った指が深くまで沈みこんできたのだ。

「ふ、ぁっ！」

びくっと腰が揺れ、乳房の先端まできゅっと尖る。

さっきから激しく疼いている蕾を急に押し広げられ、脳髄まで蕩けきってしまいそうな愉悦が走り抜ける。

「指と舌、どっちがいい？」

クチュクチュと意地悪に蠢く指先。まだ本当に欲しいものは与えてくれそうにない。

エレンの中はきゅっと締まりながらも、柔襞をぬるぬると蠢かせながら彼を締めつけ、はしたなく蜜を迸らせていた。

「指に絡みついてくるよ。どんどん溢れて止まらないみたいだね。こっちの方がいいのかな？」

リネンはエレンが垂らした愛液でびっしょりと濡れてしまっていた。恥ずかしくてたまらないはずだったのに、もうそんなことよりもジェラルドのことが欲しくてたまらなかった。

ジェラルドは赤い舌を伸ばしてみせ、エレンの敏感な突起を丁寧に舐めながら、媚肉を割り開いた指先でなめらかな抽送を続ける。

角度を変えながら軟襞を馴らすような動きは、さらなる快感の火をつけて、エレンを登りつめさせようとしてくる。

エレンは思わずリネンを握りしめて、白い首を反らした。

頭がふやけて真っ白になり、階段のない闇に落下しそうになる。

「あ、……ふ、あ、ん……っ………やっ……あぁぁっ！」

ドクっと熱い飛沫が噴き上がり、ビクビクンと弾かれたように身を震わせた。

「……はぁ、……ぅっ……あぁ……」

ジェラルドの指を締めつけている中が激しい波で蠢いている。

「ん、……すごいな、エレン……また達したね」

執拗に続けるジェラルドの舌の愛撫に、エレンは小刻みに絶頂に連れていかれてしまう。

「……ん、ふっ……はぁ、……あっ……あぁっ！」

もう苦しい。

これ以上そうされたら、呼吸さえできなくなりそうだ。

頭の中がもやもやして、ふわふわ浮ついているようだった。

ゆったりと指を引き抜かれると、蜜がじわりと滴り落ちていく。ジェラルドは指に纏わりついた蜜液をペロリと舌で舐めた。

「あ、舐めちゃ……や、……」

「さっきまで、舐めていたのに、恥ずかしいの？　おかしな人だな」

そう言うけれど、目の前でそうされると、やはり恥ずかしかった。

ジェラルドは目元を滲ませているエレンの瞼にちゅっとキスをした。

エレンが縋るように彼の背に腕を回すと、ジェラルドはエレンの脚の間に身体を入れ、自分の脚を入れこみ、彼女の上に覆いかぶさった。

「……エレン、そろそろあなたの中に入ってもいいかな」

エレンはこくんと頷いた。もうさっきから太腿に触れるトラウザーズ越しに、彼が張りつめていることを知っている。

「………あなたの心ごと、すべて僕にあずけてくれる？」

「……あげる……わ、……」

「本当?」

「ええ、……だから、早く……」

「分かったから。そんなに焦らせないでくれないかな。嬉しすぎて、ほら、先走ってしまうよ」

トラウザーズの釦《ボタン》を外し、露わにされたジェラルドの男性器は、猛々しくいきり立ち、はち切れんばかりに脈を打っていた。

彼の先端からは透明な滴がつっと流れ、角度を上に保って今にも濡れた蜜口に入りたがっているのが分かる。

つーっと指で絡めとったそれをジェラルドはエレンの唇に差し出した。エレンはそろりと赤い舌を伸ばし、彼がしてくれたように舐める。こくりと喉を鳴らすと、自分とは違った碧い果実の匂いがした。

「もっとそうしてほしかったけど、今はもう、早くあなたの中に入りたい。いい?このまま、あなたの中に挿れるよ」

それは彼のありのままを受け入れる合図だった。

エレンが頷くと、ジェラルドの張りつめた雄芯が、彼女の狭い入口に収まる。さっきとは比べ物にならない質量を蓄えた彼の屹立が、熱く熟れた蕾を押し開き、ぬるりと入ってくる。

「……っはぁ、……ぁっ……あぁっ！」

まだ先端しか埋まっていない。雁首を動かしながら、ゆっくりと沈んでくる。

ようやくジェラルドが中に入ってきてくれる。そう思った瞬間、ざわっと身体が昂揚した。

ビク、ビク、と小刻みに中が蠢く。

「まだ、全部を入れてないうちから、締めつけてる」

「ん、……はぁ、……だ、って、……ん……」

太くて硬い肉棒がずっしりとした重みを伝えてきて、深く浅く抽送させながら、エレンの最奥を目指していく。絶妙な間隔で緩急をつけて揺さぶられ、奥を振動させる心地よい快感に、中がきゅんきゅんと甘く痺れてしまう。

「あっ……ぁ、……はぁ、……っ」

「エレン……ずっとこうしたかった」

ぐちゅぐちゅと互いの粘膜が密着して擦れる音がする。

エレンの細い脚が抽送の度にゆらゆらと揺れ、奥を突かれるとつま先がぴんと張りつめた。

「……はぁ、……ンっ……ジェラルド、……いいっ」

「ああ、僕もすごく、……いい……よ」

もう何度も身体は重ね合ってきたのに、今日初めて抱かれるような幸福の予感に、全身がさわさわと甘く酔いしれてしまう。

「もっとたくさん、揺らしてもいい？」

ジェラルドの声が甘く乱れる。それにすら感じてしまい、彼を締めつけていた。

「ん、……いい、して……たくさん、してほしいの」

さっきよりも体積を増した彼の強直がずんっと押し開いていき、やさしく子宮口を突く。その対照的な愛し方がジェラルドそのものに思えて、よりいっそう想いが募る。

「……はぁ、……もっと、……ジェラル、ド」

「……あぁ。たくさん、するよ。あなたをもう離したくない」

エレンの耳朶を甘噛みしながら、じゅぷりと深く入り込んでいく。馴染ませた彼の楔は、遠慮することを忘れ、激しく揺さぶりはじめた。

「は、ぁっ……あ、んっ……」

互いの荒々しい息遣い、粘膜がぐちゅぐちゅと混じり合う音が、肉を打ちつけるような音に変わっていく。

ジェラルドは上下に揺さぶられる豊かな胸を鷲摑みにし、乳首を指で捏ね回しながら、彼女の中に入ったままの刀身で蜜壷を掻きまわす。

「あっぁ……はぁ、……」

嵩高な亀頭が濡れた襞を捲りあげて、確かめるように屹立を突き入れる。

「濡れて……張りついてくる。まるで……愛の告白をされてるみたいだな」

エレンの中でまたジェラルドの熱が昂る。

「……ぁ、っ……あっ」

ジェラルドはエレンの唇を吸った。

唇の中に舌を挿入され、緩やかな律動に合わせて舌を絡め合わせる。

手と手を重ね合わせ、愉悦がこみ上げるごとに指先がぎゅっと締まる。

「は、……、っ……もっと……激しくしてもいいかい？」

ジェラルドの呼吸が乱れる。端麗な顔をした彼の額からは珠のような汗が滴り、エレンの色づいた白肌の上を滑り落ちていく。

ジェラルドはエレンの腰を強く摑んで、揺さぶりかけた。

「ん、……あぁ、……っ……いっ……して」

頷きながら、エレンは感極まった嬌声をあげる。

ジェラルドの昂った熱棒が最奥まで捻じ込まれ、子宮口を強く突き上げていく。その繰り返しに、エレンの身体は大きく波打ち、ビクビクと戦慄いていた。

「ん、はぁっ…ジェラルドっ………」

「あぁ、……気持ちよすぎて、どうにかなりそうだ……エレン、……あなたの中で、もうすべて……出してしまいたい」

ジェラルドの色香を含んだ低い声が、甘く掠れる。

エレンの熱く震える膣肉の感触を味わい尽くすように、ぐちゅぐちゅと音を立てて肉棒が掻き回される。その間にも彼が張りつめているのが分かった。

「ん、……あ、ぁっ……いい、のっ……んんっ……はぁっ……出してっ……あぁ……っ」

ジェラルドはエレンの腰を強く摑んだ。よりいっそう腰が揺さぶられ、抽送されていく。

同時にぶるぶると硬く実った花芯を指で扱かれ、頭の中が霞んで、意識が遠のく。

「あっ……あっ……ふ、ぁっあっ……」

エレンは理性を失ってしまったかのように腰を揺らしていく。

ジェラルドの丸みを帯びた雄芯が心地よい感覚で、絶え間なくエレンの感じる場所を突いていく。

「……はぁ、……ん、……あ、……っぁっ……」

もっと深く、ずっと奥まで、ジェラルドのことを感じたくてたまらなくて、エレンは彼の首にしがみついた。

互いの鼓動が激しいリズムに合わせて踊っている。

「……エレン……、……愛してるよ」

ジェラルドの口から一番聞きたかった言葉が、惜しみなく紡がれていくと、エレンも彼と同じだけ伝えたくてしかたなかった。

けれどもう二人には限界が見えていた。

ずっとこうしていたい。けれど小刻みに押し上げられていく絶頂はさらに高みに登りつめていく。

「……ジェラルド……ッ、……は……ぁっ……あっ、私もっ……あぁ――っ」

エレンの中が激しく収斂すると、ぶるりとジェラルドが震える。刹那、エレンの奥底に彼の熱い精がビュクビュクと注ぎ込まれていった。

「……っはぁ、……っ……ぁっ」

上下に揺れる肩がゆっくりとおりてくる。

互いに繋がり合っている場所がドクドクと激しく鼓動を打っていた。

やがて彼の放った白濁した体液がとろりとリネンを濡らしていった。

ぐったりと身体を弛緩させたエレンは、ジェラルドの汗ばんだ背を抱きしめ、広くて逞しい胸に顔を埋めた。

――愛してると言ってくれたジェラルドの声が鼓膜にまだ残っている。

早鐘を打っていた互いの鼓動はやがてゆっくりと規則正しいリズムを取り戻していく。

汗ばんだ甘い匂いに安らぎを覚えるのと同時に、胸に愛おしさがこみ上げた。

この先どれほど時が流れても、この人だけを愛していくと心に誓った。

◆最終章　愛の誓いは永遠に……

挙式は王宮の離れにある高台のマリアーベル大聖堂で執り行われることになっていた。

結婚式には、国を越えて多くの王族や貴族たちが祝福する為に集まっている。

ゆくゆくはジェラルドがエメラルディア王国の国王となり、エレンは王妃となる。盛大なロイヤルウエディングに市民の期待も高まっており、街中では今夜からはじまるパレードの準備に追われていた。

王宮の馬車で教会に向かう間、小さな子供たちが手を振る姿が見えた。

いつか分け隔てなく幸せになれる未来が訪れるよう、力の限りを尽くしたい。

エレンはジェラルドについていくと決めた時から、王太子妃としての使命と責任と向き合っていた。

ふと気が緩んだ時には、重圧に負けそうになり、本当に自分で良いのだろうかとマリッジブルーを感じていたりもした。

けれどその度にエレンは胸に抱いた一つの想いを支えに考えを改めた。

きっとジェラルドが傍にいてくれるなら大丈夫。彼の為に精一杯支えられる努力をしたい。

気持ち新たに厳かな心持ちで馬車に揺られていると、隣で緊張している父ダスティンのことがふと気にかかった。

するとダスティンは娘の様子を察して、やさしく微笑みかけた。

「エレン、おまえは幸せになることだけ考えなさい。母さんも天国でおまえの幸せを誰より願っているはずだ」

「……お父様……ありがとう」

エレンは大きな瞳にうっすらと涙を滲ませた。

「でも、もう騙したりするのはダメよ？」

鼻を啜りながらエレンが言うと、ダスティンは苦笑いを浮かべ、それから愛おしい娘の頬にキスをした。

——荘厳な大聖堂にパイプオルガンの音色が鳴り響く。

純白のウエディングドレスを着たエレンは、ベールで顔を覆い隠し、天使のような白いブーケをもち、父親の手をとった。

大勢の参列者が見守る中、父と共に一歩、また一歩、と深紅の絨毯の上をゆっくりと歩いていく。

祭壇の前では王族の衣装を召した花婿となるジェラルドが待っている。

エレンは教会に到着してからずっと緊張に身を包んでいたのだが、やがてジェラルドの姿が近づいて見えると、次第に胸の高鳴りを覚え、愛しい人と結ばれる幸福感へと変わっていった。

ステンドガラスから降り注ぐ天からの光が、二人を祝福するように煌めく。

まもなくして聖衣を纏った司教が現れ、指輪の交換と二人が結婚する誓いを立て、ベールをあげられたエレンの唇に、夫婦になった証である洗礼が降り注いだ。

◇◇◇　◇◇◇　◇◇◇

結婚式を終えた新婚の二人は、馬車に揺られて王宮に戻った。

プリム棟の礼拝堂から続く天使の階段をあがり、夫婦に用意された新しい寝室、ロイヤルルームで束の間の幸せな時間を過ごしていた。

夕方には晩餐会、夜には舞踏会……と盛大に行われる予定になっている。

本当ならエレンは王宮に戻ったらイブニングドレスに召し替えることになっていたのだが、ジェラルドがこのまま花嫁姿をしばらく見ていたいと誘ってきたのだった。

夫婦になることを誓い合った二人だったが、軽いキスでは飽き足らなかったジェラルドが、役目を果たしたといわんばかりに、こうして花嫁を連れ去ったのだった。

緊張の連続で疲れたエレンを察して、ローナがカモマイルのハーブティーを淹れてくれた。そのあとは人払いをして二人きりだった。

ここならもう誰も来ない。二人でゆっくりしていられる。

エレンは積み重なった疲労を癒すようにふうと一息ついた。

挙式の前日、リリアとウィルフレッドが婚約を交わしたことをバーナード侯爵夫妻から報告を受けたエレンは、ますます幸せな気持ちでいっぱいだった。

そして相変わらず親しんでくれるリリアに心から感謝した。バーナード侯爵夫妻も、二人の娘が幸せになってくれたと喜んでくれていた。

国王と王妃も二人の未来を応援してくれている。

今二人の間には何も阻むものはない。

愛おしい夫となったジェラルドの柔らかい唇に癒され、彼の逞しい腕に存分に抱かれていられる。

一つ気がかりだったサファイアル王国のサイラス王子との仲をそれとなく聞き出すと、ジェラルドは露骨に嫌な顔をした。

「あなたは式の間、他の男のことを考えていたのか」

「そうじゃないわ。隣国とはうまくお付き合いしていかなくてはならないもの。私のせいでこじれていたのだとしたら……気が気じゃなくて」

「何も心配することはないよ。クリステル王女とのことを破談にした僕に、敵討ちをしたつもりでいたんだろう」

優雅にティーカップに口をつけるジェラルドだが、サーベルを引き抜いた時の殺気だった彼の様子は、今でもはっきりと思い出される。

エレンが心配そうに見つめると、ジェラルドはため息をついた。

「仲良くしているから、大丈夫だよ。あなたは僕のことだけ考えていればいい」

あれからエレンはジェラルドが嫉妬深い男なのだと知った。あれほど激怒していたのも今なら納得できる。自分に対する執着は並のものではない。貴族がお祝いに声をかけてくれた席でも、じっとりと見張るようにしていられると恐縮してしまうのが見てとれたぐらいだ。

ようやくホッとしたので、お祝いに寄せられた薔薇やリボンや真珠を甘い砂糖で象ったシュガークラフトケーキをいただく。

それからしばらく二人でテラスから花々の咲き誇った庭園を眺めた。

ジェラルドの肩にそっと頭を寄りかからせながら、いつだったか彼が国の為に努めなくてはならないと真剣な表情をしていた日のことをエレンは思い返していた。

こうしていると時が経つのも忘れてしまいそうになるほど幸せだけれど、王太子妃となった今、エレンにはするべきことが山積みなのだ。

「これからたくさん頑張らないと」

さあ、とテラスから退こうとするエレンの手をジェラルドは引き留め、後ろから抱きしめた。風に吹かれて冷たくなった耳朶に、彼はキスをした。

「あ、……」

「あなたが頑張らなくちゃいけないのは、もっと別のことだよ」

エレンは他意を含めたジェラルドの言葉にドキッとする。

そろそろ主賓が戻らなくては心配されるだろうと案じるエレンに、ジェラルドは耳の傍で甘く囁いた。

「いつもダンスレッスンの度に、ドレスを着たあなたに欲情してきたけど、今のあなたが一番素敵だよ」

「ジェラルド……」

「あなたとの子が欲しい。その為には毎日時間の許す限り、あなたを抱くつもりだからね」

さらさらと陽に煌めく琥珀色のブロンドの下から、甘い誘惑の視線を感じて、エレンは顔を真っ赤にする。

「ま、毎日……だなんて身体がもたないわ。妃教育だって大変なんだから」

「あなたは努力家だから、きっと大丈夫だよ」

調子のいいことを言って、さっそく……とジェラルドはエレンを抱き上げる。天蓋付べッドの柔らかなリネンの上に二人の身体は組み重なった。

「あっ……だめ、よ……今から、だなんて」

「一度くらいなら充分だよ。時間が足らない分は、また夜にしよう」

ジェラルドはそう言い、エレンのドレスを肩から脱がせていく。

一度だなんて言って、いつも彼は延々と抱き続けるのだ。このまま夜が更けてしまいかねない。だが今の彼を咎める者は誰もいないのかもしれない。

「……僕たちは望まれているんだよ。その為なら……誰もダメだなんて言わない。だからあなたも、僕を受け入れて」

エレンが大人しく身を丸めると、彼は企んだような艶っぽい視線を送った。

「せっかく綺麗だから、このままドレスを着たまま、しようか」

そう言いながらジェラルドはスカートの裾を捲りあげようとする。

「……だ、だめよ。だって、ドレス、汚したら、……」

「平気だよ。あなたが汚さないようにしたら、いいんだから。それとも自信がないくらい、濡れるつもりなのかな」

くすくすと笑い声が頬にかかる。

「い、いじわる……国の為、だって……分かるけど、それとは別でしょう？」

彼の手にかかったら抵抗などできない。

ジェラルドの柔らかい唇がエレンの肩口に触れるだけで、彼女の息は弾んでしまう。

「意地悪しているんじゃないよ。愛しい妻を可愛がっているんだよ。大切なことじゃないか」

ジェラルドはそう言い、純白のドレスのホックを外し、精緻なレースで施されたコルセットを露わにした。

「あ、……」

スカートの裾を捲られるとウエディング用のパニエがジェラルドの手に纏わりつき、彼は焦れったそうにたくしあげると、太腿で止められた薄絹のガーターストッキングに目を留めた。

「ふうん。こうなっているんだね」

柔らかい太腿をくるりとレースが一周し、腰に巻かれていたベルトと繋がるような仕組みになっている。

ジェラルドは栗毛ごと秘所をつるりと指でなぞった。

「きゃっ……」

「大切なところが透けてるみたいだ」

「ん、……ちが、うの」

下穿きがないことを知らないのだろうかとエレンが焦ると、ジェラルドは悪戯っぽく笑みを浮かべた。

「ちゃんと分かってるよ。下穿きで隠していないのに、脚にはストッキングを穿いてるなんて不思議だ」

じっくりと観察されて、羞恥心で顔が熱くなる。

「どこもかしこも愛らしく飾られているんだな。すべては……僕の為だ」

ジェラルドが想いを込めたように言って、まるで飢えた野獣が噛みつくように、エレンの太腿に口づける。そして執着するかのように唇を滑らせた。

「あ、まって、……そこは……」

エレンが必死に手を伸ばして抵抗しても無駄だった。逆に逞しい手が伸びてきて、コルセットをずらして白い乳房を露わにする。

控えめに主張していた薄桃色の頂を、彼の指に摘まれ、びくんっと腰を揺らすと、ストッキングの感触を楽しむように彼の舌が這っていった。

「んっ……あっ……っ！」

布越しにぬめぬめと伝う生温かい感触が、何故かいつもより興奮させられてしまう。

秘処にとろりと潤むものを感じた時には、ジェラルドの指先がさっそくその正体を探りあて、割れ目の奥で疼いている蕾を押し開き、そこから滴る蜜をふるふると震える花芯にやさしく撫でつけた。

「あ、……ぁっんっ……」

「もうこんなに濡らしてしまって。僕の花嫁はいやらしいな。これじゃあすぐに汚れてしまうよ」

羞恥心で顔を真っ赤にするエレンに、ジェラルドは妖しい微笑みを見せる。

「夫の務めだ。僕がたっぷり舐めてあげないといけないようだね」

そう言ってエレンの腿を抱え、顔を埋めたのだった。

いつも以上に昂っているのは、彼と結婚できて嬉しいから。そんな昂揚した気分は、彼の巧みな愛撫に誘われ、何度もエレンを絶頂に連れていった。

全身が甘く蕩けるような余韻に浸るまもなく、ジェラルドの屹立がゆったりとエレンの蕾を押し開いて沈んでいく。

「……あ、っ……ぁっ」

ジェラルドの情熱もまたいつになく張りつめていて、エレンの奥を穿つ度、悦びで震えるのが伝わってくる。

「……はぁ、……ぁっ」

「……いい。今日のあなたは、今まで一番……最高だ」

いきり立った屹立がエレンの濡れた媚肉を押し上げ、やさしく突き上げる。リズミカルに抽送を送っていた腰をぐるりと押し回し、エレンの華奢な足首を揃えて持ち上げ、深くまで挿入できるように折り曲げる。

エレンの蜜口からは互いが交わって白濁した体液が滴り落ちていく。

「はぁ、……一度、……あなたの中で、出してもいいか」

ぶるりとジェラルドの身体が震える。吐精を促す彼の腰の動きに合わせて、エレンはジェラルドにしがみついた。

「……くっ」

「あ、……あぁっ……」

エレンの最奥で熱いものがじわりと広がり、中で吐精された感覚が伝わってくる。それでも彼はおさまることなく、彼女の中をじゅぷじゅぷと味わうように抽送を繰り返した。

脚を開き、胴体を深く組み合わせ、キスをしながら奥を突く。

「ん、あっぁ……はぁ、……すごい、そんなに、したら……」

トプトプと蜜が溢れてくる中を掻きまわし、ジェラルドはエレンの子宮口まで響くように激しく穿ちながら、何度も愛らしい唇を吸った。

「言っただろう？　たくさん……子が欲しいと」

「……は、……ぁ、っ」

予感した通り、一度で終わるわけがなかった。

足首をもちあげられ、バレリーナのように柔らかいエレンの身体はぐるりと体勢をそのまま変えさせられ、四つん這いになり、ジェラルドは後ろから膣口に挿入し直す。

「あ、んっ……こんな、…格好………はぁ、……ん、……恥ずかし……」

腰を強く引き寄せられ、ジェラルドの猛ったものが深く沈められ、引き摺り出される。その下に当たる柔らかなものに媚肉を叩きつけられ、よりいっそう快感が突きあがってくる。

気づいたら自分から腰を揺らして、リネンにしがみつき、後ろから叩きつけられるような激しい律動を受け止めていた。

「は、ぁっ……ん、……あ、っ……」

丸い乳房を両手で揉みまわしながら、ジェラルドが背中に密着してくる。彼の鼓動がとても熱くて速い。汗ばんだ肌が擦れて、ぐりっと角度を変えて抉られる中が、きゅんと甘く痺れていく。

耳朶に差し込まれたジェラルドの濡れた舌が、ねっとりと這わされ、エレンはぞくぞくと感じてしまう。

「……あぁっ……」

エレンの身体はガクガクと震えていた。ジェラルドの腰の動きがよりいっそう激しいものになっていく。

「は、……っ……あ、ぁっ……っ」

エレンの柔らかい乳房は揺さぶられる度、跳ね上がり、硬く隆起した粒を指の腹で弄られると、一気に愉悦が駆け上がってしまう。

「もう一度、あなたの中で……」

切なく掠れる甘い声が、耳のすぐ傍で聞こえると、深く抉るように突き入れられ、杭を打ち込むように挿入された彼の強直がじわりと膨れ上がる。

「あぁぁっ……」

「……っ」

ついにジェラルドの熱い楔は飛沫をあげ、白濁した精がエレンの奥底にどっぷりと注がれていった。

緩やかに抽送は止んでいき、それから自然に離れたジェラルドが、うつぶせに倒れ込んだエレンの肩を抱き寄せ、頬にキスをした。

そのまますうとうとと眠りについてしまいそうだったエレンだったが、ジェラルドの口づけが深くなっていき、息が止まりそうになる。

「んっ……ジェラルド……？」

仰向けに寝かせられたエレンは、片足を担がれてぴったりと張りついた彼の強直に驚いた。

「さっきので終わると思ったのかい？　まだまだだよ」

ずるりと押し入ってきた彼は三度目の熱を求めて膨れ上がっていく。

「あっ……ん、……」

指と指が絡みあい、口づけを交わし合う。舌と舌で絡めた唾液がつっと伸びて二人を離さない。下肢に至るまでぴったりと密着し、また深く求め合った。

「……はぁ、……、も、だめ、……」

身体の芯まで燃え尽きてしまいそうだ――。

きっと……次も終わらない。

結ばれた二人には祝福の鐘の音しか聞こえない。

止んではまたはじまるワルツのように二人は踊り続けるのだ。

エレンは与えられる快感に酔いしれながら、幸福の階段をゆっくりとあがっていく。

そして二人は繋がり合い、光の差す方へ……。

微睡みからゆっくりと意識を引き戻していくと、ジェラルドが愛おしい眼差しで見つめていた。

「――何も心配することなんてないよ。ただあなたには笑顔でいてもらえたらいい」

ジェラルドの澄んだ碧い瞳が想いを込めてエレンを見つめる。彼には悩んでいることなど分かっていたようだった。

エレンはジェラルドの肩口にそっと額を寄せた。

「私も、……ずっと、幸せでいられるように、笑顔でいるわ」

「愛してるよ、エレン……」

ジェラルドは微笑み、口づけを迫った。

「……私も……愛してる」

二人はこれからの未来を想い、幸せを分かち合い、口づけを交わす。

そしてまた今宵も二人で愛のレッスンを――。

◇◇◇　◇◇◇　◇◇◇

それからひと月が経過する頃。ロイヤルウエディングで賑わっていたエメラルディア王国内は収穫の季節を迎え、毎日澄んだ青空が広がっていた。

ある日、ジェラルドとエレンは、王都ミズーリから馬車で一時間ばかり離れた葡萄畑の中心にあるプレスコット家を訪れていた。つい先ほど亡き母の墓参りを終えたところだ。

久しぶりに娘の姿を目にしたダスティンは喜んで二人を出迎えた。

ダスティンは繊維工場での仕事をひと段落させ、現在は新たにワイナリーを任され、以前のようにただ借金の為に働くのではなく、意欲的に事業を軌道に乗せようと取り組んでいる様子だ。

すべてはジェラルドが慈善活動の一環として考えてくれたことで、きっとこの美しい葡萄畑が少年や少女たちに元気を与えるに違いない、と希望を託したのだ。

「これから教会に行ってくるわ。施設の子供たちと約束しているの」

「相変わらずだね、エレン。そうだ、手土産に葡萄を好きなだけ持っていくといいよ」

「ありがとう。お父様。それじゃあ」

また離れてしまう娘を見て、寂しそうにしているダスティンに、ジェラルドが優しく声をかけた。

「またいつでも立ち寄りますから」

「殿下のお心遣い大変感謝しております。どうか道中お気をつけて」

エレンはダスティンと抱擁を交わす。

「お父様も、どうか元気で」

「あぁ、ありがとう」

プレスコット家から離れた二人はそれから護衛を引き連れて、段々畑の向こうにある教会を目指した。

葡萄畑が広がる段々丘を降りていくと港が見えてくる。美しい湖の傍に教会はあった。ここの海の向こうの大国ベルジャンから輸入された毛糸を用いて大きなステッチでキャンバス地を埋める毛糸刺繍は、相変わらずエメラルディア王国で流行している。

エレンは教会の傍にある孤児院を訪れ、子供たちの為にサンプラー造りのお手本を見せてあげることにしていたのだった。

幾何学模様や花模様などの絵図案を模写するのが通例だったが、今日は子供たちに好きな絵を描いてもらい、それをステッチで刺すことにした。

「エレン先生、できたぁ！」

ほとんど黒目でできているのではと思うほど大きな瞳が、らんらんと輝く。エレンが一緒に喜ぶと、今度は隣の少年が溌剌とした声をあげる。

「僕も！　ぶどうの形にしてみたよ」

「私は、ドレスにしたわ」

子供らしい明るい色合いと思いのまま不器用に描いた絵が微笑ましくて、エレンの気持ちを和ませてくれた。

そうしてエレンが夢中で先生になりきっている傍で、ジェラルドはエレンと子供たちのやりとりをおだやかに見守っていた。

するとジェラルドの傍に一人の少女が来て、袖口をつんつんと引っ張る。

「何だい？」

エレンもジェラルドと少女の様子に気づいて振り向いた。

「王子様とお姫様、こんな風に踊ってみせて？」

絵本を広げた少女が零れんばかりの大きな瞳をキラキラとさせて、ジェラルドとエレンを見上げる。絵本には王子と妃が結ばれ、ダンスを踊るシーンが描かれていた。

エレンとジェラルドは顔を見合わせて、ほんの少し照れながらも、少女の要望を聞いてあげることにした。

「じゃあ、後片付けをして、これからダンスの時間にしましょう」

わぁと楽しそうな声があがる。ジェラルドとエレンは手と手を取り合って、ダンスの見本を披露した。

光と風を感じながら、愛する人と共にワルツを踊る。

子供たちの笑顔がキラキラと宝物のように輝いて、妃として相応しいのだろうかと不安になるエレンを勇気づけてくれた。

一時間余り滞在し、二人は名残惜しまれながら、子どもたちに別れを告げた。

「子供たちを元気づけようとしているはずなのに、いつも逆に励まされるわ。これから頑張らなくちゃって思うの」

エレンはそう言い、心地のいい清涼な風を胸いっぱいに吸い込む。彼女の濃褐色《ブラウン》の髪がさらりと風に攫われていく。指先で毛先を束ねて耳にかけると、目を細めて見つめるジェラルドと目があった。

紺碧の海のような澄んだ瞳にじっと見つめられ、エレンはドキリとする。

「なぁに。そんな瞳で見て」

「妃としての心構えか。殊勝なことだけど、あなたはありのままでいいんだよ。いつまでも少女のように無邪気な笑顔で……楽しそうに踊ってる。僕はあなたのそういうところが好きなんだ」

ジェラルドが惜しげもなくそう言うので、エレンの頬が赤く染まっていく。

さらりと指先が触れ合い、優しく握られると、胸の奥まできゅんと締めつけられる気がした。

「きっとあなたのそういうところが、子供たちにも元気を与えているのだと思うよ」

ジェラルドが優しく微笑む。エレンの胸に熱い想いがこみ上げてくる。

どれほど時を重ねても、肌を重ねても、慣れるということはない。いつでもジェラルド

の傍にいるとときめいてたまらなくなる。その想いは日に日に高まるばかりで、一体どこに行き着くのだろう、とたまに心配になるほど、手に負えないほどに大きくなっていく。

好きだとか愛しているとか、ジェラルドは伝えてくれるけれど、どれほど想っていてくれるのか、時々自分から確かめたくなる衝動が起きることがあった。

それをぐっと我慢してしまうのがエレンの性格上のことであり、彼女の常だった。

自分から欲しいと言い出すなんて恥ずかしいし、もしも告げてしまったら、ジェラルドのことだから、きっと翻弄するようなことを仕掛けてくるだろう。そう思ったらなかなか言い出せなかった。

久しぶりにジェラルドとワルツを踊ったせいで昂っているのかもしれない、とエレンは悶々とした想いを散らした。

それから二人は丘の上をゆっくりと歩き、手を繋いで散歩した。

「お土産をいただいていきましょう」

ダスティンから手渡されていた手籠を腕にかけて歩いていく。

芳醇な葡萄の香りが漂い、宝石のようにキラキラと輝いていた。ジェラルドが鋏《はさみ》でぱちりと茎を切り取ってくれ、エレンは葡萄をそっと手のひらで包んだ。

「味見をしてみよう」

ジェラルドが一つ摘まんで食べようとする。彼は皮を剝いた実をエレンの唇に差し出した。エレンはそうっと頬張る。たちまち甘酸っぱい味が口腔に広がっていき、艶やかな蜜がジェラルドの指の間を滴っていった。

「とっても美味しい。ねえ、ジェラルドも食べてみて」

エレンが笑顔を咲かせると、ジェラルドは不意に彼女の唇を奪った。

ちゅっと小さな音が立つ。どこか官能的な気分を煽るような調べに、エレンはドキリとする。

「……っ」

「僕はあなたの唇の方がいいな」

鼻先が触れ合う距離で囁かれ、エレンの中に甘酸っぱい衝動がこみ上げてきそうになる。エレンの瞳が揺らぐ。ジェラルドの濃い睫毛がそっと伏せられていく。風に吹かれてさわさわと葉が擦れ、木漏れ日が二人の間に落ちてきていた。

再びジェラルドはエレンの唇を吸った。小鳥と雛が啄むようなキスをいくつか繰り返しているうち、いつの間にかエレンは、ジェラルドの腕の中に引き寄せられ、彼の背中に手を添えながら、甘い口づけを味わっていた。

なめらかな舌触りに、先ほどの甘酸っぱい果実の香りが混ぜられて、葡萄酒《ワイン》を飲んでしまったかのような淡い酩酊感がする。甘い口づけに浸り、ふわふわと夢見心地で幸せを感じていると、やがて名残惜しむように唇が離され、ドキドキと早鐘を打つ鼓動が耳まで届いた。

互いの唇がほんのり濡れている。それがやたら扇情的に見えて、目を逸らさなくてはいけないような気がした。エレンが不意に顔をあげると、ジェラルドの碧い瞳が試すように彼女を見ていた。

「エレン、何か僕に隠してることはない？」

「隠してること？」

エレンは首を傾げる。思い当たる節がなかった。

「しょうがないな。こっちにおいで」

何がしょうがないのかも本当に分からぬまま、ぐっと腕を引かれて、エレンはよろけそうになる。どこに行くのだろうと思っていたら、ふわりと抱き上げられ、倒れ木に座ったジェラルドの膝の上に跨がされてしまった。

「きゃっ、な、なに？　ジェラルド、……こんな格好……」

目線がちょうど合うぐらいの高さに抱き上げられたあと、すとんと尻もちをつく。

ドレスの裾がめくれ上がり、脚が見えそうになっていた。

エレンは真っ赤な顔をして、ジェラルドの肩に摑まる。

「この間からずっと、あなたの顔に書いてあるよ」

「何が言いたいの？」

「ちょっとは思い当たることがあるだろう?」

意味深な視線で探られて、エレンはドキリとする。するとジェラルドがまるで恋文を読み上げるかのように喋り出した。

「親愛なるジェラルド様。毎晩、あなたを想って眠れないわ。どうしたらあなたは私の気持ちに気づいてくれるでしょう」

それはいつかの日、ジェラルドがエレンに送った手紙の内容を、エレンの視点に置き換えたかのような内容だった。

「やっ…もう言わないで」

耳を塞いだらいいのか、目を閉じたらいいのか、とにかく彼を黙らせなくては。

エレンが恥ずかしくなってジェラルドの口元を手のひらで押さえようとすると、逆にぐっと腰を引き寄せられてしまい、耳朶を優しく食まれてしまう。ぞくんと甘い戦慄が走るやいなや背中に違和感が走る。ジェラルドの指がドレスの組紐を解こうとしていた。

「ん、ジェラルド、ここで、なんて……だ、だめ……」

まさかこんなところで……とエレンは瞠目する。傍に護衛の者もいるというのに。

「あなたのことが欲しくてたまりません。どうか抱いてくださいませんか……って書いてある」

「そんなこと、書いてないわ」

林檎のように頬を赤く染めるエレンを見て、ジェラルドは笑う。

「じゃあ、なんて？」

エレンは俯いて、ジェラルドの胸を押し返す。

「し、知らない」

「あなたはもっと僕の前で素直になるべきだよ。そうしたら惜しみなく、愛してあげるのに」

なんだか見透かされているみたいでいやだった。エレンが拗ねたような瞳を向けると、ジェラルドは唇を催促するように近づく。

「ほら、言って」

「だ、だから……この頃、そういう風にしていなかったでしょう？」

エレンは恥ずかしいのを承知で、真っ赤な顔をして、潤んだ瞳を向けた。

ジェラルドがふっと含み笑いを浮かべる。

「その理由が分からない？」

「気まぐれ？」

エレンは拗ねた瞳で、ジェラルドを追及する。

「そうじゃないよ。あなたから欲しいと言って欲しかったからだ」

そう言ってジェラルドは悪戯っぽく微笑んでエレンの頬を包みあげ、こつりと額を当てた。

「……ジェラルド」

「うん？」

「あの、あのね……」

エレンがなんとか口にしようと頑張っているところ、ジェラルドの手がドレスの紐を解こうとする。

「分かったよ。仰せの通りに」

「ま、まだ何も言ってないのに」

エレンがじたばたと身じろぎするが、ジェラルドは物ともせず、キスの嵐を降り注ぐ。

「あなたのことは何だって分かってるんだよ」

「ん、じゃあ、聞かないで」

「そうやって真っ赤になるあなたが可愛いから、ついね」

「もうっ」

「おしゃべりはあとにしよう。今は二人きりで……」

どちらにしたって彼は求めようとしていたのだ。そして彼の手にかかってしまうと、いつだって蕩けてしまう。

二人はそうして甘い秘め事を交わす。

今日もエメラルディア王国が平和であることを感謝しながら――。

あとがき

ティアラ文庫さんでは初めまして。立花実咲《たちばなみさき》です。このたびはティアラ文庫さんデビュー作をご愛読いただきまして、ありがとうございました！

実はティアラ文庫さんでは公式サイトのＷＥＢ連載で既にお世話になっているのですが、これまでの著書では現代恋愛ものが多く、初ヒストリカルということで、四苦八苦しながら、ようやく本という形にしていただけたことを心から喜んでおります。

お友達作家さん（と気軽に呼んでいいのかどうか）に泣きついたり、担当様に色々とご迷惑をおかけしたり、その上、私のような新人の為に我儘を聞いていただきまして、とても感謝しております。

今はもうとにかく幸せで「いつか王子様が」のメロディーが頭の中をぐるぐると回っている気持ちです。もとより王子様系男子！が大好きな私ですが、本当の（本作は架空ですが）王子様を書くことができて胸がいっぱいです。

ところで、私が書くヒーローは年上の男性が遥かに多いのですが、自身はどちらかというと年下派だったり。でも、なんていうか、なよなよした草食系の年下ではなくて、ですね……がっつり肉食系で腹の中では黒いことを色々企んでいて、なのに表情は爽やかで綺麗な男子が好きなのです。

そして、乙女系で最初に書くなら年下王子からあれこれ色々策を練られて転がされてしまうヒロインを書きたい！と妄想を膨らませていたところ、夢を叶えることができてほんとにほんとに嬉しいです。

このたび壱也《いちや》様に表紙と挿絵をお願いすることになったのですが、キャララフ&カバーラフといただく度にドキドキワクワク、童話の世界を覗くような気分で、この日が来るのを心待ちにしていました。壱也様、素敵なイラストをありがとうございました！

そして読者の皆さんが本作のどこかでドキドキきゅんきゅんしてもらえていたら幸いです。これからもラブ&ロマンス&エロティックに、キスだけじゃ終わらない乙女系ノベル！の世界を多種多様に描いていけたらいいなと願いつつ……。

ティアラ文庫さんではまた春頃に新しいお話でまたお目にかかれたらいいなと思っております。どうかこれに懲りずにまたお付き合いいただけますと幸いです。

本作のご感想やリクエストなどありましたら、ぜひ編集部宛に送っていただけると嬉しいです。皆さんはどんなヒーロー&ヒロインが好きですか？　こういう感じのを書いて欲しい！　などなど、なんでもOKです。ぜひお聞かせください。

それではまた近い日にお会いできることを願って。

宮《きゅう》廷《てい》舞《ぶ》踏《とう》会《かい》のシンデレラ

ティアラ文庫をお買いあげいただき、ありがとうございます。
この作品を読んでのご意見·ご感想をお待ちしております。

✦ ファンレターの宛先 ✦
〒102-0072　東京都千代田区飯田橋3-3-1
プランタン出版　ティアラ文庫編集部気付
立花実咲先生係／壱也先生係

ティアラ文庫WEBサイト
http://www.tiarabunko.jp/

著者——立花実咲（たちばな　みさき）
挿絵——壱也（いちや）
発行——プランタン出版
発売——フランス書院
〒102-0072　東京都千代田区飯田橋3-3-1
電話（営業）03-5226-5744
（編集）03-5226-5742
印刷——誠宏印刷
製本——若林製本工場

ISBN978-4-8296-6677-7 C0193

ティアラ文庫

Tia6642

♥ 好評発売中! ♥

ティアラ文庫

Tia6643

♥ 好評発売中! ♥

ティアラ文庫

Tia6648

♥ 好評発売中! ♥

ティアラ文庫

Tia6672

♥ 好評発売中! ♥

原稿大募集

ティアラ文庫では、乙女のためのエンターテイメント小説を募集しております。
優秀な作品は当社より文庫として刊行いたします。
また、将来性のある方には編集者が担当につき、デビューまでご指導します。

募集作品

H描写のある乙女向けのオリジナル小説（二次創作は不可）。
商業誌未発表であれば同人誌・インターネット等で発表済みの作品でも結構です。

応募資格

年齢・性別は問いません。アマチュアの方はもちろん、
他誌掲載経験者やシナリオ経験者などプロも歓迎。
（応募の秘密は厳守いたします）

応募規定

☆枚数は400字詰め原稿用紙換算200枚～400枚
☆タイトル・氏名（ペンネーム）・郵便番号・住所・年齢・職業・電話番号・
メールアドレスを明記した別紙を添付してください。
また他の商業メディアで小説・シナリオ等の経験がある方は、
手がけた作品を明記してください。
☆400～800字程度のあらすじを書いた別紙を添付してください。
☆必ず印刷したものをお送りください。
CD-Rなどデータのみの投稿はお断りいたします。

注意事項

☆原稿は返却いたしません。あらかじめご了承ください。
☆応募方法は郵送に限ります。
☆採用された方のみ担当者よりご連絡いたします。

原稿送り先

〒102-0072　東京都千代田区飯田橋3-3-1
プランタン出版「ティアラ文庫・作品募集」係

お問い合わせ先

03-5226-5742　　プランタン出版編集部